Lola, consultante

Ana KORI

ISBN : 9798647030344

TABLE DES MATIÈRES

REMERCIEMENTS

Un grand merci aux copines qui ont partagé les anecdotes au fil des années, qui ont ri aux miennes et m'ont donné envie de les écrire.
Merci aux inconnu(e)s qui ont contribué au succès de Lola et m'ont convaincue d'en faire un livre

Moi, c'est Lola. J'ai 33 ans et j'habite Paris, dans le 11ᵉ arrondissement, pas loin de la station Voltaire. Je suis une fille quelconque parmi tant d'autres. Je ne suis ni très belle, ni très intelligente, ni plus drôle que la moyenne.

Je mesure 1m70, chausse du 38 et taille du 42 (voire du 44 quelques jours avant mes règles).

Je ne suis pas très sportive parce que je n'ai pas trouvé l'activité qui me plaît et que, globalement, je n'aime pas trop avoir mal.

J'ai testé la danse, malgré une souplesse digne d'une enclume, mais je n'ai pas non plus le rythme dans la peau. En tout cas, pas à jeun.

J'ai essayé la boxe après avoir vu *Million dollars's baby*, mais je manquais de tonicité et d'endurance. Et je n'avais apparemment rien pigé au film puisque, d'après une collègue, ce n'était pas destiné à me donner envie de faire ce sport ! Du coup, je me suis inscrite dans une salle de fitness pour travailler mon cardio. Bilan : une chute ridicule d'un tapis de course et trois rencards. J'ai compris pourquoi tant de personnes s'inscrivent dans ce genre d'endroit : c'est un plan cul de dingue !

Puisqu'on en parle, je suis une hétéro célibataire, inscrite sur Tinder, et je m'octroie un match par jour, un rencard par semaine et une moyenne raisonnable d'une baise avec partenaire par mois.

Je vis seule et, non, je n'ai pas de chat ! Ni de tortue, ou de poisson rouge ; rien pour me rappeler que je suis encore célibataire et loin de suivre le schéma social très formaté du mariage, enfants, maison, retraite, ehpad et mort.

J'aime la cuisine japonaise, mais pas la vraie, hein ! Celle faite pour les Européens avec les brochettes *cheese* et les *california avocat-saumon*. Celle conçue pour nous faire croire que nous savons apprécier la bouffe exotique.

Côté alimentation, j'aurais voulu être végane, mais je n'y arrive pas. Probablement à cause des brochettes *cheese* ou des côtes de bœuf au barbecue que prépare mon papounet. Oserai-je ajouter mon amour pour une certaine marque de chaussures ? OK, je suis faible !

En dernier recours, j'ai essayé d'être

allergique au gluten, mais je n'ai pas réussi. Ce fut pour moi une grosse déception, car il semble que ce soit une super allergie qui ne touche qu'une certaine élite. J'ai logiquement pensé que les personnes bénies par cette intolérance étaient les x-men de notre société. Cette partie de la population exemptée de tout dysfonctionnement majeur : totalement immunisée contre le covid, les films de Dany Boon ou les files d'attente devant les hypermarchés les jours de soldes. Hélas, mes tests ont été sans appel, je digère le gluten et, horreur, j'ai déjà ri devant un film de Dany !

Depuis, je me dis que je dois couver un cancer ou une autre connerie destinée à faire de moi une meuf alimentairement banale. Et quand j'y pense, ça me fait chier ! Pour compenser ce handicap, j'ai acheté un jeton de réussite Beigdbeder aux enchères. Saint Trapenard, priez pour moi !

Quand je ne prie pas mes idoles, je passe du temps en occupations diverses. Par exemple, j'aime les jeux vidéo dans lesquels je peux dézinguer des zombies.

Je lis beaucoup de science-fiction et de fantastique, ainsi que des polars. Depuis peu, je me suis donné comme challenge de redécouvrir quatre classiques par an. Je viens de relire *l'École des femmes* et *Hamlet* et, au-delà de la fierté de tenir mes résolutions, j'y ai pris du plaisir. Ma mère me recommande de me lancer dans Victor Hugo, mais j'avoue que la taille des ouvrages me rebute un tantinet.

J'aime les films et les séries, encore plus quand il y a des zombies ou des dragons ou des superhéros dedans. Pour l'alibi culturel, je me force à regarder de temps en temps des films de la quinzaine cannoise... et ce, malgré la sensation que ce sont des créations d'entités extraterrestres destinées à nous faire mourir d'ennui ou d'AVC, ou les deux !

Je dois avouer que mon péché mignon reste les comédies romantiques. Souvent en automne, les lendemains de chouille, avec mes copines.

Mes copines que j'aime plus que tout : Sabrina et Manu. Mes héroïnes du quotidien, gardiennes de mes secrets intimes et de mes doutes, soutiens indéfectibles de tous mes projets. Véritables sponsors de mes résolutions, dont mon dernier en date : mon changement de cap professionnel.

J'ai repris les cours, j'y ai mis toute mon énergie, plaqué mon job précédent pour faire le métier qui, je crois, me convient parfaitement.

Et enfin, le voilà : mon nouveau curriculum vitae ! Tout juste sorti de l'imprimante.

J'ai suivi tous les tutos sur internet, j'ai payé pour avoir des modèles super originaux et j'ai enfin pu réaliser le CV parfait ; celui qui m'offrira le job de mes rêves !

Je le montre à Jeff, le patron de CoPing, un espace de coworking dans ma rue. Jeff, qui a suivi et supporté mon entreprise de ces derniers mois et qui admire mon CV en sirotant sa troisième tisane thym-goji-jojoba, un mélange adapté à sa période de *renaissance intestinale*.

— Il est top, hein ?

— Ah ouais !

— Pas trop tape-à-l'œil, hein ?

— Ah no !

— Je vais tout déchirer !

— C'est clair !

Je redresse le menton, fière comme une miss Île-de-France sur le podium ! J'ai suivi point par point les conseils des meilleurs recruteurs. J'ai sélectionné les entreprises qui m'intéressent, les postes accessibles et étudié les salaires de mon bassin économique par fonction et tranche d'âge.

Je veux donc être consultante séniore dans un grand cabinet parisien pour 50k€ minimum.

Je me suis inscrite sur tous les réseaux sociaux professionnels et je me suis abonnée aux entreprises que je rêve d'intégrer. Sur Twitter, je suis désormais le fil des dirigeant(e)s de ces sociétés et ne manque pas de liker ou de RT avec commentaires en mode *voilà un bel esprit d'ouverture-han*.

Suivant les consignes des meilleurs, j'ai révisé toute ma confidentialité Facebook pour éviter que mes futurs boss trouvent les photos de soirées entre copines ou les historiques de statut allant de *en couple* à *célibataire* en passant par *c'est compliqué*.

Je me prépare aussi, comme un sportif de haut niveau, aux prochains entretiens. Mon principal ennemi : moi-même. Lola et sa jumelle maléfique. Celle qui réfléchit à voix haute ou envahit mon cerveau de remarques moqueuses et perfides. Celle qui brouille ma communication par des railleries incessantes et qui déclenche des fous rires incontrôlables dans les pires situations.

La voix off de mon cerveau, tellement plus drôle que moi, mais ô combien plus cruelle. Cette Lola n'a pas de filtre social, pas d'empathie, pas de peur du jugement. Elle habite avec moi tout le temps et ne se tait jamais. Elle est responsable d'innombrables incidents me faisant faire ou dire des choses que je regrette presque toujours.

— Je me demandais justement où était passée la dernière saucisse cocktail, avais-je dit au garçon qui retirait langoureusement son boxer.

— Très grosse voiture pour rouler dans Paris. Une telle démesure, c'est forcément freudien ! avais-je glissé à mon patron qui me ramenait gentiment chez moi un jour de grève.

— Ça sent le gymnase, ici ! avais-je lancé au jury de l'oral de BTS en entrant dans la salle.

— Avec votre joie de vivre, vous pourrez facilement vous reconvertir comme chauffeur de taxi, avais-je sifflé au garçon de café, qui venait de me jeter mon soda sur la table.

Bref, je ne suis pas passée loin de la

correctionnelle à cause de *Lola la maléfique*.

Sans compter qu'elle a cette manie insupportable de toujours chercher des surnoms et ressemblances à toute nouvelle personne qu'elle rencontre. Guettant le détail le plus flagrant de chaque individu pour l'exacerber et en faire son signe distinctif. Malheureusement, j'ai un grand sens de l'observation et mon côté obscur tombe souvent juste !

Ainsi, ma voisine avec frange et perpétuel rictus malsain est devenue *Amélie Pouladams*. Mon poissonnier aux blagues lourdes est surnommé *Bigarneau* et mon facteur au regard baladeur se reconnaîtra en *Jean-Michel Maire*.

Si je veux espérer intégrer un grand cabinet, je vais devoir museler cette partie de moi. Alors, je m'entraîne tous les jours, pendant que je prépare mes candidatures.

J'y crois, je suis dans le *believe it* !

Depuis plusieurs heures, j'ai les doigts qui chauffent.

Je dégaine mes plus belles tournures de phrases pour faire une lettre de motivation personnalisée à chaque RH. J'enchaîne les *toujours désiré intégrer un groupe comme le vôtre qui a su allier performance et humanisme* ou encore *première entreprise de conseil française inscrite au CAC40 marchant dans les pas des plus grandes figures du 20ᵉ siècle…* ou bien *votre engagement dans le développement durable réconcilie business et humanité. Un modèle inspirant.*

J'en ai parfois presque la larme à l'œil. J'en fais trop ? Non ! Tout ceci pourrait être sincère et ça l'est, quasiment ! En tout cas, mon envie est réelle. Les recruteurs doivent le sentir dès l'ouverture du mail.

Je clique : envoyé, envoyé, envoyé ! Je suis *on fire* !

Quelques semaines plus tard…

Madame,

Nous avons bien reçu votre candidature pour l'offre référencée 1515marignan et nous vous remercions de l'intérêt que vous portez à notre entreprise.

Votre profil et vos compétences présentent de grandes qualités et ont su retenir notre attention.

Malheureusement, nous recherchons actuellement une personne avec plus d'expérience ou plus mobile ou plus diplômée ou moins diplômée ou dont les prétentions salariales restent connectées avec le marché ou plus jeune ou moins typée ou moins moche...

Non pour les trois dernières, ils ne l'écrivent jamais. Ils le pensent, mais le nieront avec force. Probablement parce que c'est interdit par la loi, sinon ils ne se gêneraient pas. Reprenons.

Malheureusement, blablabla.

Signé : un(e) chargé(e) de recrutement ou le-la DRH.

Les premiers refus, j'ai relativisé. Parce que, d'après Jeff, c'est normal.

— Je peux te dire que j'en vois passer du people ici. Au moins dix clients différents pas semaine, c'est grave la folie ! Et toujours selon mes stats, faut au minimum cinquante candidatures pour décrocher un entretien. Alors tu vois, Lola, pas de quoi déprimer. Tu veux une tisane ? me dit-il en souriant.

Il a sans doute raison. Quand on a son parcours, on apprend à dédramatiser les échecs.

Jeff a commencé comme prof de fitness, je crois que c'était dans les années 90. Puis il a géré une boîte de nuit aux Antilles avant d'organiser des croisières sur un catamaran. Revenu en métropole, il a dirigé un studio d'enregistrement, puis un vidéoclub et une revue ésotérique. Ensuite, il est parti pour une retraite spirituelle en Inde qui a été interrompue par une violente gastro et le décès de sa mère. Avec l'héritage, il a acheté ce commerce qui était d'abord un cybercafé avant de devenir un espace coworking très feng-shui.

Avec son éternel sarouel noir, sa barbe taillée et ses lunettes rondes à la John Lennon, difficile de lui donner un âge.

Lentement

Comprendre ce que devient

L'arbre grandi

Oui, Jeff s'adonne au haïku. Il laisse ses créations traîner un peu partout. Il dit que *c'est pour que les pensées positives circulent entre les êtres*.

Je viens de trouver celui-ci dans mon sac alors que j'attends ma copine Manu. Je l'ai appelée car, ce soir, je suis en bad. Plus tôt dans la journée, j'ai reçu un énième refus. Seulement, celui-ci émanait de mon entreprise rêvée. J'avais bon espoir, après deux mois sans nouvelles.

Du coup, j'ai appelé les filles, mais Sabrina (dite *Sab*) est bloquée chez elle. C'est sa semaine. Enfin, sa *M&M* comme elle dit pour *Mother-qui-M*. Comprendre, la semaine où elle garde sa fille de 6 ans, puisque Sab est séparée. Elle m'a proposé de passer, mais j'avais trop envie d'happy-hour et j'avais surtout besoin de Manu.

Je l'aperçois alors qui slalome entre les Vélib' en agitant la main. Elle manque de peu une collision avec un skateur. Elle lui explique qu'il a de la chance qu'elle soit pressée et le salue d'un doigt inamical.

— Ah, ces connards de Parisiens ! lâche-t-elle tout fort en s'affalant sur sa chaise.

— Je te signale que tu vis à Paris depuis bientôt cinq ans. Tu es parisienne, toi aussi.

— Le temps qu'il me faudra pour me lasser de tout ça et retourner chez moi, à Nice. Mais je ne serai jamais une Parigote ! Alors, on boit un coup ?

Elle claque le doigt en direction de la serveuse qui ne semble pas apprécier les manières de ma copine, mais Manu s'en fout.

C'est ce que j'aime chez cette fille. Elle parle fort, jure parfois comme un charretier et reste indifférente à l'inconfort ou à la gêne que cela occasionne. Malgré ça, elle sait écouter.

Bon, elle est psychologue, elle a donc appris à hocher la tête sans dire un mot durant des heures. Elle a d'ailleurs sa propre théorie sur sa profession et affirme que *les psys sont les personnes les plus égocentriques qui existent parce qu'elles ont choisi ce métier pour régler leurs propres névroses.*

Son métier, elle l'exerce en milieu carcéral. C'est un choix délibéré car elle pensait que les détenus auraient de vraies questions existentielles à régler. Elle a vite déchanté quand elle a compris qu'une bourgeoise catho de Cannes partage les mêmes inquiétudes qu'une dealeuse multirécidiviste incarcérée à Fresnes, à savoir : *suis-je différente ? Suis-je aimée ? Ai-je fait les mauvais choix ? Que puis-je changer pour enfin être heureuse ?*

Troisième mojito.

Manu me questionne sur ce que je ressens, ce que signifie pour moi cet échec.

Elle écoute, impassible. Je m'épanche sur ma peur de ne pas trouver le job idéal, de ne pas accomplir mes rêves. Et je commence à remettre en question tous mes choix, comme mes cours au CNAM pour changer de métier. Et, bien avant ça, ces années de jeunesse passées à déconner plutôt qu'à faire de vraies études. Autant de temps perdu pendant que les autres, tous ces connards incompétents, prenaient le job de mes rêves. Quand je me suis réveillée, à trente et un ans, j'avais un BTS communication, un job de concepteur publicitaire. En réalité, j'ajoutais des textes, des formes et des couleurs sur des flyers. Aucune perspective d'avenir et d'après mon chef designer, aucune créativité.

Cinquième mojito.

Je me déteste ! Je ne ferai jamais rien de bon de ma vie. Pas foutue de trouver un poste digne de ce nom. Incapable de trouver un mari. Je vais finir vieille fille alcoolique dans un deux pièces d'un quartier bobo à ressasser tous mes loupés.

Dans le Uber appelé par Manu, je vois défiler le paysage. Je reconnais l'entrée de mon immeuble. Je balbutie *bonne soirée,* l'haleine chargée de menthe et surtout de rhum. Après avoir vaincu les cinq étages sans ascenseur, je rejoins ma tanière de célibattante.

Un texto à Manu pour la remercier. Je m'écroule dans mon lit et pleure à chaudes larmes.

Enfin ! J'ai passé la première étape. J'ai l'impression d'avoir été acceptée dans le carré VIP d'une boîte de nuit.

— C'est super, ma chérie. Tu vas tout déglinguer. Si tu veux, je te fais le brushing de Sophie Turner, tu vas être éblouissante !

Sab fait danser la brosse ronde et le sèche-cheveux. Le bruit de ce dernier couvre sa voix et je n'entends plus que les bribes de ses conseils pour un parfait entretien.

— ... sexy, mais pas pute... mystérieuse... smart... répète les questions... Passe la langue sur tes lèvres, sauf si c'est une meuf hein ! ajoute-t-elle, la mine grave.

J'acquiesce, même si je réponds que ce n'est pas tout à fait comparable à un entretien pour être coiffeuse.

— No way, chérie ! Responsable capillaire et coach coloration.

Je rigole.

Sab, c'est tout à fait ce qu'il me fallait pour me détendre.

Trois heures plus tard, je rote discrètement ma salade riz-thon-mayonnaise, installée dans un vestibule douillet. J'ai un joli badge visiteur accroché à ma veste de tailleur.

Ma coiffure Dark Phoenix est parfaite et les regards insistants du hipster à ma gauche ne trompent pas : je suis plutôt canon !

La porte s'ouvre. Une femme d'une cinquantaine d'années, qui ressemble à Angela Merkel, m'appelle : *Madame Lola Pannetier ?*

Je me lève, lui tends une main qu'elle ne voit même pas. Elle s'écarte, me laisse passer puis me double aussitôt en m'invitant à la suivre, le visage fermé. Ça démarre mal ! Une meuf ! Qui plus est, aimable comme une porte de prison !

Des couloirs. Des gens qui discutent nous regardent passer avec curiosité. Puis, une nouvelle porte. Une petite salle de réunion dans laquelle sont installés un homme et une jeune femme. Merkel me demande d'entrer avant de refermer derrière moi.

Alléluia ! Elle ne fera pas l'entretien. Ce devait être une secrétaire… ou un chancelier allemand en stage de troisième !

Une fois assise, la nana prend la parole et se présente. Elle est chargée de recrutement et l'homme à côté d'elle est un chef de département. Je dois paraître stressée car il me dit de ne pas m'inquiéter, que tout va bien se passer, comme si j'allais me faire opérer. C'est chelou !

— Madame Pannetier, parlez-nous de vous.

Ah ! Sa mère la pute ! C'est parti ! Et mon cerveau jure comme ma copine Manu.

Mon parcours. Mes études.

Ils ne me regardent plus et prennent des notes. Je continue sur mon job précédent et mon envie de changement. Le gars, dont j'ai déjà oublié le nom, me coupe la parole.

— Qu'est-ce qui vous déplaisait dans cette fonction ?

Ah ! Tu ne m'auras pas ! J'ai suivi tous les conseils des meilleurs recruteurs, je te dis !

— Je ne crois pas qu'il faille détester quelque chose pour avoir envie de changement, réponds-je dans un léger sourire. Je pense plus simplement qu'une carrière nécessite du dynamisme et de la remise en question. Ne pas savourer ses résultats, mais challenger ses capacités.

Ah ! Je t'ai mystifié mon gars ! Pourquoi tu ne dis rien ? Un blanc. C'est long... trop long ! Merde ! Je dois enchaîner ! Où en étais-je ? Ah oui, le CNAM tout ça.

Je reprends le fil de ma présentation de *Lola, sa vie, son œuvre*. C'est simple et si compliqué. Je pourrais entrer dans les détails, oser des anecdotes savoureuses qui feraient rire, mais... j'ai fini.

Je viens de résumer toutes mes envies, mes réussites, mes choix... Bref, ma vie, et ça a duré moins de 7 minutes. Quelle efficacité ! me dirait un coach en entretien. Moi, je pense plutôt : *quelle tristesse !*

— Pourquoi avoir choisi notre société ? me demande madame la chargée de recrutement.

Alors, j'ai bien envie de te répondre que c'est mon conseiller Pôle Emploi qui m'a enjointe à postuler chez toi. Tu n'étais pas vraiment mon premier choix, mais bon, après cinq mois sans aucun entretien, bah voilà quoi !

J'arrive en fin de droits et j'ai un putain de loyer à payer, connasse ! Non plus.

— En premier lieu pour votre stratégie en R&D. À l'ère de la digitalisation, les entreprises françaises ont un réel besoin d'être accompagnées et guidées par des experts tels que SuperSociétédeServicesInformatiquesTropForte. Sans compter que votre savoir-faire depuis…

Je brode presque plus longtemps sur leur société que sur ma propre vie. Je pourrais me flinguer en y repensant. Mais bon, ils ont l'air satisfaits. J'ai bien révisé. L'homme sourit à son tour et tout le monde se détend d'un coup.

Il me présente le poste qui est destiné à intégrer son département. Ils ont des clients dans plusieurs secteurs, mais travaillent beaucoup avec les grands groupes privés et publics qui gèrent la santé et la prévoyance des actifs. Il évoque des organismes de tutelle, des accords de branches, des fédérations, et… l'Europe !

Je ne suis pas certaine d'avoir tout compris, mais je note consciencieusement en prenant soin de régulièrement m'arrêter pour le regarder parler. Je tente de lui montrer que ce qu'il me raconte est aussi passionnant qu'un épisode de GOT... *Enfin, sauf la dernière saison parce que franchement, les scénaristes ont trop chié dans la colle là avec....*

Merde ! Mon cerveau a encore vrillé. J'ai perdu le fil et les lèvres du type ne bougent plus.

Dire quelque chose. Il attend. *Vite !*

— Présenté comme ça, même Sophie Turner signerait immédiatement ! dis-je en rigolant.

— ...

Ils échangent un regard gêné puis s'interrogent mutuellement sur qui veut continuer. Je me tortille sur ma chaise, consciente que l'harmonie qui régnait précédemment est rompue.

Ah ! La conne ! Bah ! t'as plus qu'à remplir ton dossier pour le RSA !

— Pouvez-vous nous dire pourquoi nous devrions vous choisir, vous, plutôt qu'un autre candidat ?

Ouf ! Une question à la con comme j'avais répété.

Je repense au hipster dans le vestibule. Je dégaine l'arme ultime : la réponse *façon haïku de Jeff*. Ils vont kiffer !

— C'est évidemment une question qui n'a pas réellement de bonne réponse. Si j'affirme être la meilleure, cela paraîtra comme de l'ambition aux yeux de certains et de l'arrogance pour d'autres. Votre objectif est de réaliser le choix le plus adapté à vos besoins. Il me faut juste vous dire avec sincérité que je ne postule que dans les entreprises qui partagent mes valeurs, parce que je souhaite que notre collaboration s'inscrive dans la durée.

Ah ! Le gars est sous le charme ! Ah ! je suis trop for...

— Quelles sont-elles ?

Ma jubilation est coupée par madame chargée de recrutement.

— Quoi donc ?

— Vos valeurs ? Quelles sont-elles ? insiste-t-elle, un mince sourire aux lèvres.

Merde ! Heu... mes valeurs, je les connais. Je les ai notées, triées et sélectionnées.

Je reprends mes esprits en même temps que

la mémoire me revient.

Je déroule.

Du velours ! me souffle mon cerveau. Madame chargée de recrutement ne m'épargne aucune question surfaite : donnez-nous vos principales qualités. Idem pour les défauts. Elle me fait le coup du portrait chinois.

Ah ! Mais n'importe quoi, celle-ci !

— Si vous étiez un personnage imaginaire ?

Katniss Everdeen ! Dans ta face ! Mange tes baies empoisonnées, saleté !

— Mickey, parce qu'il est malin, gentil et reconnaissable entre mille ! réponds-je

Merde ! J'aurais dû choisir un personnage féminin. Heu... la reine des neiges, non, c'est une putain de gosse de riche qui découvre la vraie vie. Cendrillon, heu, idem ! Blanche-Neige ? Putain, c'est quoi mon problème ?

— Et un personnage féminin célèbre ?

Ah ! Elle a précisé féminin. Sale garce ! Heu... réfléchis, Lola. Une nana, une super nana... heu... merde... réponse trop longue à venir... heu... Sophie Turner ?

— Marie Curie, elle a définitivement mon adoration, arrivé-je à articuler pendant que les voix dans ma tête s'embrouillent comme jamais.

Et ça continue, encore et encore. L'entretien est long comme un jour sans pain.

Je frise l'AVC ou le reboot intempestif du cortex. Quand, enfin, le calvaire prend fin, je ressens un soulagement indescriptible.

Je sais que je n'ai pas fait de réelle fausse note. Pourtant, rien dans leur manière de me remercier ne me permet de dire si ça a marché ou non.

Je rends mon badge, regagne le métro et grimpe dans la rame, toujours plongée dans mes pensées. Même le gars qui chante *La vie en rose* sur un son d'accordéon en fin de vie ne parvient pas à me sortir de mes réflexions.

Regret infini

Redouter le lendemain

Ne pas être choisi

— Sophie Turner, putain ! dis-je à voix haute, dans l'indifférence générale.

Station Oberkampf. Je suis presque arrivée. Je vais retrouver mes copines et tout leur débriefer. Elles vont me consoler parce que maintenant, je le sais : j'ai merdé.

Viens, Dingo, rendons visite à Donald et ses neveux !

— Ta gueule, Mickey !

Il est 8h52. Je me tiens droite comme la justice dans le hall d'entrée.

J'ai eu le poste et je commence aujourd'hui. Je suis consultante séniore ! Trop fière ! Bon, j'ai dû revoir mes prétentions salariales à la baisse, mais finalement, 38k€, c'est toujours mieux que le RSA !

J'ai rendez-vous dans 8 minutes avec mon nouveau boss, Alain Belon. Je n'en reviens pas d'avoir oublié son nom la première fois !

Quand j'ai dit ça à Manu, elle m'a aussitôt répondu que ce devait être un enfant non désiré et qu'il devait être très complexé.

— Il est très possible que ce type soit en recherche de reconnaissance, surtout avec les femmes. Quelques œillades appuyées couplées à de subtils compliments devraient suffire à le rassurer et donc à le charmer.

— Pas trop d'œillades quand même, sinon il va croire qu'elle veut baiser avec lui ! signala alors Sab, dans son infinie sagesse et connaissance des hommes.

— Tout dépend, il est beau gosse ?

— Putain, Manu ! Même si c'était le cas, je ne vais pas coucher avec mon boss !

— Ah oui ? Et pourquoi ce soudain verrou bourgeois ? Tu peux m'expliquer ?

— Merde, Manu !

L'ascenseur s'ouvre et je reconnais le sosie d'Angela Merkel qui s'avance vers moi. Elle me tend la main et me sourit en me souhaitant la bienvenue. Elle ne me dit toujours pas son nom… ce sera donc Merkel, jusqu'à preuve du contraire.

Incroyable comme elle paraît gentille, d'un coup !

Elle me conduit dans un bureau situé au 3e étage. Là, je reconnais le hipster du vestibule ainsi que mon boss. À quelques centimètres de lui, une blonde d'un mètre soixante, sculptée dans un tailleur blanc et noir, boit ses paroles.

— Ah ! Vous êtes la dernière ! lance mon nouveau patron.

— Monsieur Belon, réponds-je en tendant la main.

— Oh ! Je te propose de faire simple : on s'appelle par nos prénoms et on se tutoie. Ça te va ? Après tout, nous sommes tous encore jeunes ! rigole-t-il.

Merde ! Maintenant, je me demande quel âge a ce type...

La petite blonde acquiesce d'un élégant gloussement qui rebondit sur une cambrure exagérée. La tête sur le côté, elle me salue.

— Aloha ! Je m'appelle Sophie !

Non mais qui dit aloha à la place de bonjour à Paris ? C'est quoi cette connasse ! Pis, elle s'appelle Sophie ? En vrai ? Comme Turner alors qu'elle fait la taille de Frodon ?

— Moi, c'est Lola.

— Génial ! C'est le diminutif de Laurence ?

— Non, c'est mon prénom.

Je réprime mon envie de lui demander si tout va bien dans la Comté et me tourne vers le hipster.

— Et toi ?

— Gaël, me répond-il d'un sourire éclatant.

— Oh ! Toi aussi tu es breton ? intervient le hobbit habillé en faux Chanel.

La discussion s'installe entre eux et je perçois même un petit coup de coude dans le sternum lorsque Frodon vient se positionner entre moi et le hipster-breton. Je coulisse en direction du café et des croissants quand Alain nous fait signe de nous asseoir.

— Je vais vous présenter le programme de la journée.

À quel moment les sociétés ont-elles pensé qu'assommer les nouveaux entrants de tonnes d'organigrammes et de définitions obscures décrites dans des multitudes de trigrammes, s'avérait productif ?

Après deux interminables heures, j'ai les trois cafés qui font un ping-pong dans ma vessie. Alain nous accorde une courte pause avant de passer à la suite.

Je demande timidement la direction des toilettes, et, bien entendu, je me perds au retour.

Heureusement, je suis repêchée par Merkel qui m'indique la bonne voie pour réintégrer l'antre de l'ennui.

Pour Merkel, tu resteras la nouvelle qui s'est paumée en allant aux chiottes, tu le sais ça ?

Je rapproche mon téléphone et chuchote : OK Google, comment mettre son cerveau en mode avion ?

Google reste muet et mon cerveau répond : *très drôle !*

De retour à mon point de départ, je reconnais la chargée de recrutement qui rigole aux blagues de Gaël. Je m'interroge sur la capacité de mes deux collègues à ingurgiter des liquides sans les rejeter régulièrement quand la recruteuse m'accueille, tout sourire.

Je fouille mon sac.

Retenir

Par-delà le désir

Un savoir inutile

Et le calvaire reprend.

— Je suis ici pour vous présenter les détails administratifs de votre embauche. Alain, dit-elle à mon boss, je te préviens quand on a fini. Comme ça, nous irons déjeuner tous ensemble, vers 12h30.

Je regarde ma montre : 11h02. Soudain, je pense à Gandalf prisonnier de Sauron.

Sainte Galadriel, priez pour moi !

Il quitte la pièce et les slides reprennent : règlement intérieur, usage des outils informatiques, acquisition des RTT et des congés, ponts annuels.

— Pas de ponts, mais les jours fériés sont respectés.

La manière dont elle le dit, on sent que ça la fait chier. J'attends qu'elle aborde la question des 35 heures comme une page sombre de notre histoire à cause de tous ces gauchistes révolutionnaires !

La recruteuse doit faire partie de l'église Saint Medef.

— La France est le pays d'Europe qui compte le plus de jours fériés, vous le saviez ? continue-t-elle.

— Je crois que c'est l'Italie en fait !

— Tu es sûr ? Faudra googliser ça ! marmonne-t-elle, une moue désapprobatrice en direction de Gaël.

Et la Bretagne perd un point de compétence RH !

La chargée de recrutement enchaîne avec l'entretien annuel, les indicateurs sur objectifs et les valeurs des collaborateurs.

— Notre boss, monsieur Antony Sparque, que tout le monde appelle Tony, a mis en place un concept génial…

Quoi ? Tony Sparque ? Mais ce n'est pas possible ! C'est quoi cette boîte de dingue ? Z'ont tous des noms chelous ici. Le boss est un putain d'Avengers !

— … un moyen mnémotechnique de s'en souvenir. C'est le MP4 : Mutualisation, Pilotage, Pragmatisme, Performance et Progrès. Je crois que tout est clair ? conclut-elle, alors que les animations autour des quatre mots s'agitent dans le PowerPoint.

Oh ! putain ! On dirait qu'un Pokémon va sortir ! Attrapez-les tous !

— Aucune notion de branding dans les valeurs ? susurre Sophie, la gomme de son crayon coincée entre ses dents blanches.

— Le MP4 est l'essence même de notre marque, c'est évident !

Et un point en moins pour Hobbitbourg !

— J'ajoute que, pour les questions marketing, vous verrez ça avec Nathan en semaine d'intégration.

— Ah ? Quand est-ce prévu ?

Je me suis hâtée de demander, puisque je suis visiblement la seule à suivre ! C'est aussi pour stopper mon envie de lancer l'appli Pokémon Go.

— Je sais que ça fait beaucoup d'informations en peu de temps, mais je l'ai précisé tout à l'heure : ça commence demain.

— Heu… oui-oui, j'avais noté, bien entendu…

Regards amusés des deux collègues. *Pikaaaaa !* Bon, je crois que nos scores RH sont ex aequo !

À 12h42, nous avons déjeuné à *l'annexe*, puisque c'est le restaurant préféré des équipes et que ma nouvelle boîte y a un compte. Endroit qui s'appelle en réalité *"Le petit bourguignon"* et chez qui le repas avait été commandé à l'avance. Autant dire que la digestion des profiteroles sur slides de la cartographie applicative restera dans les annales.

Mince, j'ai encore envie d'aller aux chiottes ! Penser à autre chose… heu… pourquoi on ne voit jamais les Avengers aller aux W.C. ? Et les elfes, ça fait caca, les elfes ? J'ai vraiment un putain problème, moi !

Le soir, j'ai finalement annulé l'apéro avec les copines. J'étais crevée, *Le petit bourguignon* m'ayant mis les tripes en vrac. J'ai ajouté une boîte de *charbon-digestion* dans mon sac pour le lendemain.

La semaine va être longue, très longue.

On n'a pas le cul sorti des ronces du Mordor !

— Ta gueule, Sam !

Mon boss, Molière et une servante écarlate

Depuis trois mois, nous subissons le même rituel tous les lundis matin : le *TK*, comprendre le *Team Keep*. En vérité, c'est juste la sempiternelle réunion hebdo. Une idée du siècle dernier créée dans de grosses boîtes informatiques. Une ode au chefaillon en manque de charisme qui profite de ce moment pour distribuer le boulot et rappeler que, c'est lui, le chef !

Aujourd'hui, on a des outils, des smartphones, des tablettes qui permettent de faire la même chose avec un avancement en temps réel, mais la grande messe du lundi matin est restée... Toute l'équipe doit être présente, même si on est en mission chez un client. Enfin, si l'on est *customer's locked*.

Ouais... L'autre aspect de cette boîte, c'est qu'ils ont un usage abusif des termes anglophones. À croire que la langue de Molière, pourtant bien riche, ne fait pas assez *hype* pour *talk about business* !

Au début, on trouve ça cool, puis on craque quand Merkel, qui frôle les 122 ans en âge ressenti, te lâche :

— Ce week-end, j'ai *over coaché* mon petit-fils sur Greta Thunberg. Il était *so exciting about it* ! Les jeunes sont *smart*, vous ne trouvez pas, Lola ?

— Heu… Grave !

Je pense que Molière et Greta sont en rehab ensemble depuis ça !

Après un trimestre passé à l'agence, j'ai donc appris à connaître Alain, mon chief. J'ai rapidement abandonné l'idée des œillades et compliments subtils, parce que le créneau été déjà pris par le hobbit, Sophie.

— C'est l'archétype de la *sociopathe-peine-à-jouir*, cette nana. Elle utilise son vagin comme une arme pour terrasser ses proies… Et ces mantes religieuses sont toutes bisexuelles ! Si elle sent que tu prends l'ascendant sur elle ou vos supérieurs, elle devrait commencer à te draguer ! avait affirmé Manu.

— C'est juste une salope chaude comme une pseudo-starlette de NRJ12 ! Mais fais gaffe, quand même. Faudrait pas qu'elle te dévore la tête ! avait conclu Sab.

Quant à Alain, il est l'archétype du gars qui veut sa tronche dans le cadre de l'employé de l'année. Il croit aveuglément que les idées du big boss sont innovantes et inspirantes. Même lorsqu'il s'agit d'obliger les hommes à se mettre en jupe le 8 mars, Alain trouve ça génial.

Je me suis bien gardée de lui expliquer que la cause féminine ne ressort pas mieux lotie du fait que les mecs exposent leurs jambes poilues durant une journée.

En plus, il faisait super froid ! Ils devaient avoir les noisettes comme des raisins secs !

Non, je n'ai rien dit. Même quand le grand con de la compta est venu se pavaner, vêtu d'une tunique beige avec ceinture en coquillages, en affirmant que c'était plus pratique pour se gratter les burnes et que les femmes avaient bien de la chance.

Il a tellement tout compris aux nanas !

La prochaine fois qu'il me sort une connerie pareille, j'enchaîne sur le débat : cup ou culotte menstruelle ? *Ça devrait lui fermer sa grande gueule, à Géronimette !*

Mon chief, lui, est un manager qui a la technique chevillée au corps et le leadership d'une mycose. Il a cependant l'intelligence de savoir qu'il n'est pas un meneur, alors il apprend tout par cœur et récite les leçons de Tony Sparque.

Alain croit surtout que réciter du Tony lui donne +20 au charisme. Il jette le dé et… oh ! Vous héritez du handicap cheveux gras et pellicules !

Alain n'a pas d'esprit critique, pas de recul, pas de contre-courant ; il subit en heureuse victime. J'ai bien senti le malaise malgré son air de mec qui assume.

— Alors ? J'ai joué le jeu, hein ? Les filles, je suis prêt pour aller danser or not ?

Je l'ai regardé. Il souriait bêtement dans une longue robe rouge et, pour une raison qui m'échappe encore, il avait ajouté une casquette blanche.

Ah, putain ! Je suis en PLS ! Le gars, c'est une servante écarlate !!!

Submergée par une hilarité incontrôlable, j'ai fui !

Je me suis réfugiée aux toilettes le temps de me calmer. À mon retour, les yeux encore humides de mon fou rire, Alain est venu près de moi.

— Je ne trouve pas ton attitude très corporate, Lola. Ici, tout le monde respecte l'engagement des hommes pour la cause féminine. Ta réaction dessert les filles.

Non mais, j'hallucine ! Le gars est sérieux en plus ! Ma réaction dessert les filles ! Mais quelle baltringue ! Je vais lui péter les deux genoux à la Jézabel-zizi !

— Désolée, mais, c'est... heu... ma grand-mère... heu... elle avait la même casquette et... elle est morte l'année dernière. Ça m'a fait un choc !

— Oh !

Il a reculé, incapable de répondre, et est retourné, tout penaud, dans son aquarium au milieu de l'open-space.

La servante écarlate jette le dé et... vous venez d'être dévorée par un troll ouzbek !

Le lendemain, je comprends que l'excuse *mémé is dead* a supplanté le charme hobbit lorsque je suis choisie pour rejoindre la team *Tokyo* sur le *Reengenering des KPIs*.

En fait, ça veut juste dire que l'on va repenser les tableaux de suivi des projets, mais dit comme ça, c'est *so premier millénaire* !

— Le *project director* est Tony *himself* ! *So*, faut que tu sois en *responsive* sur ce coup. Tu représentes tout le *desk* là !

Je vais enfin rencontrer le chef des Avengers ! Je me demande s'il vole en vrai ! Et Captain America, il sera là aussi ?

— *Responsive ever*, Alain ! réponds-je avec un clin d'œil. Et, pourquoi la team *Tokyo* ?

— Ah ! Ici, on est tous fans de *La casa de papel*. Alors, nos équipes internes portent toutes le nom d'un des héros. C'est *nice*, non ?

— Mais *La casa de papel*, c'est espagnol ?

— Et ?

— Non, rien. Je pensais que c'était priorité aux states, tout ça… heu…

— Ah non ! Notre crédo, c'est

l'international ! On surfe sur les *success stories* ici, *you see what I mean* ?

Non, Jézabel-zizi, je ne comprends toujours rien !

— Okay… heu… *nice*, j'veux dire.

— Great !

Le soir même, j'essaye de me rappeler quel était mon rêve professionnel pour vérifier si je m'en suis éloignée ou pas.

En pleine réflexion, je débusque soudain un haïku glissé dans mon blouson.

Lignes de main

Savoir le destin ignoré

Et avancer

Jeff commence à me faire chier avec ses bouts de papier à la con ! Je vais vider toutes mes poches un de ces quatre. En plus, ça ne veut rien dire !

Rapidement, mon esprit divague et j'imagine

Tony Stark bourré qui soulève les jupes de mon boss, déguisé en servante écarlate, avant que Molière ne l'assomme.

Le petit chat est mort.

— Ta gueule, Agnès !

J'ai donc intégré la team Tokyo. Et dans cette team, on se réunit beaucoup. Pour être plus exacte, on *brainstorme* nos idées, on *challenge* nos concepts, et on *checke* nos décisions.

En français, ça signifie juste qu'on travaille en équipe et que, pour y arriver, on discute beaucoup.

La plupart du temps, ces séances de travail se font en réunion. On se force à se fixer un objectif et une durée à chaque fois, pour rester efficaces. Les comptes-rendus sont réalisés en live par celui ou celle qui est tiré au sort dans notre application *team-react*. C'est donc le monde idéal de la réunion.

Et puis, il y a les autres…

Ce matin, justement, j'assiste à une réunion sur un projet transverse organisée par un certain Greg qui chapeaute l'équipe Rio.

Ah, mais dans la série, Tokyo et Rio sont en couple… Peut-être nos deux teams vont copuler un jour ?

D'après l'invitation, nous serons 17…

Hum ! Là, ça vire à la partouze !

Je me dis que le Greg va nous présenter un truc parce que 17, ça fait trop de monde pour discuter et, en plus, il n'y a pas d'ordre du jour.

Je fouille dans la poche arrière de mon pantalon.

Semer le grain

Écoute l'idiot bruyant

Esprit vivace

J'arrive dans la salle et déjà, mauvaise surprise : il n'y a pas assez de sièges pour tout le monde. Les gens deviennent nerveux et se ruent sur les quelques tabourets, chaises et tables libres de l'open-space. Je me cale au fond, debout contre une vitre, en espérant que ça passera vite.

— Aloha, Lola. Tu vas bien ?

Oh ! Le hobbit tahitien est là aussi !

— Salut. Sophie. Super, et toi ?

— Bof, j'ai pété un bouton juste avant de

venir ! me dit-elle en me montrant un décolleté vertigineux qui laisse apparaître une bonne partie de sa lingerie.

— C'est fâcheux !

— Du coup, j'ai froid et j'ai les seins qui dardent tout le temps.

Non mais qui peut oser sortir ce genre de phrase dans la vraie vie ?!!

Un bruit sec. Le mec assis devant nous vient de casser son crayon.

Putain ! C'est pas une partouze, c'est un porno ! Le réparateur du photocopieur ne devrait pas tarder pour proposer de remettre une cartouche !

Heureusement, l'organisateur arrive enfin, suivi d'une blonde toute fripée qui fait la gueule.

— Désolé pour l'orga désastreuse mais il n'y avait plus de salle dispo ! Tout le monde est bien installé ? dit-il, remarquant soudain Sophie, qui se tortille d'un pied sur l'autre, faisant danser ses attributs mammaires. Mademoiselle, asseyez-vous ici. Regardez, juste-là, il reste une chaise près de moi !

Mais bien sûr ! La star du film X et le réal ! Le

titre pourrait être Hobbitboule !

J'observe ce type, Greg. Un grand brun portant une moustache soignée, plutôt une belle allure, mais... il me rappelle quelqu'un.

Putain ! C'est Pornstache de la série Orange Is The New Black ! Je suis foutue, je n'arriverais jamais à le prendre au sérieux !

À partir de là, Pornstache commence à nous parler d'un projet, comme si nous savions tous de quoi il retourne. Puis, d'un coup, il s'énerve.

— C'est pas compliqué à comprendre ! À chaque réunion, je le redis ! Vous saisissez votre temps passé sur la ligne 74 intitulée *"Autres contributions"*.

— Mais si on a bossé sur les études fonctionnelles, on impute sur la tâche *Étude fonctionnelle*, non ?

La blonde fripée soupire. C'est là que je réalise que c'est le sosie d'Anna Wintour. Bon, sans l'élégance, les belles fringues et le botox.

Anna Wintour un lendemain de cuite : un peu verte, les joues tombantes et l'amabilité d'un chauffeur de taxi.

— Martine, je te laisse faire. Moi, je

désespère.

Le diable s'habille en vomito !

Et là, sans préliminaires, elle nous engueule. Sans même redonner des éléments de contexte. Puis elle branche le projecteur et diffuse des extraits de PowerPoint qui datent de... 2013 !

Okay ! C'est plus du tout un porno, là. À la rigueur, un film d'auteur hongrois sous-titré en polonais... Pourquoi elle parle en me regardant, la Wintour ?

— ... pour les nouveaux, il s'agit du projet Normalisation des Télécoms et Médias.

— Le projet NTM ? demandé-je, de plus en plus amusée.

— Une qui suit ! regard accusateur aux autres. Tu travailles déjà dessus ?

— Non... Mais, qu'est-ce qu'on attend pour foutre le feu ?

Et je rigole... seule.

Ah ! La misère ! Plus personne ne bouge. Regarde, ils respirent plus ! NTM, merde les gars ! C'est à peine plus vieux que les slides de Martine !

Je fais un signe de la main, à mi-chemin entre l'excuse et le rien du tout. Elle cesse enfin de me juger du regard et passe au slide suivant.

— Je reprends. Et merci d'écouter attentivement parce que je veux éviter de répéter dans une semaine. Ligne *74 "Autres contributions"*. C'est OK pour tout le monde ?

— Great ! Annnnd, cut ! fait Pornstache en se levant d'un bond avant de sortir dans un élan de cape.

Enfin, s'il avait eu une cape, ça l'aurait fait grave.

Je sors de cette réunion guère plus avancée. Pornstache et Sophie discutent sous l'œil morne d'Anna Wintour. Je réintègre ma team en fredonnant *Ma Benz* et réalise que le show a duré plus d'une heure.

Je dois m'activer : ce soir, j'ai un *date*. J'appelle Sab, lui demandant un coup de peigne rapide avant ce que j'espère être mon plan cul du mois.

Pendant qu'elle joue de la brosse, je lui raconte ma journée : Anna Wintour, Pornstache,

NTM, le hobbit Sophie avec seins apparents, tout.

— Franchement, plus tu m'en racontes, plus je me demande pourquoi t'as bossé si dur ? Cette boîte, c'est que du fake. Les gens, leur façon d'être ou de parler. Lola, qu'est-ce que t'es allée foutre dans cette galère ?

— Rho ! Arrête ! C'est pas pire que de coiffer des cheveux gras toute la journée !

— Bah ! Au moins, le cheveu, il ne ment pas. Il est sec, gras ou fourchu, tu le vois direct. Il ne cherche pas à camoufler ses faiblesses derrière des mots anglais ou des consignes à la con. À choisir, laisse-moi avec mes tignasses !

Putain de coiffeuses philosophes ! On dirait presque du Jean-Pierre Jeunet !

Je ne dis rien, un peu vexée quand même.

Finalement, cette journée aurait été plus marrante si, à un moment donné, ça avait vraiment viré en porno...

— Rien n'est perdu ! me dis-je à moi-même sur mon Vélib.

Le brushing au vent, prête à séduire un parfait inconnu dont j'espère une relative beauté doublée d'une intelligence raisonnable. Si, en plus, il pouvait avoir sa troisième étoile en maniement de clitoris, ce serait parfait !

Oh ! Il est joli ce canapé et il est doux. Je peux toucher ? Il fait chaud, non ?

— Ta gueule, Rocco !

Un rencard, Harry Potter et des mollusques

Quelques heures plus tard, je suis attablée en face de Pierre.

Il a eu l'élégance de me laisser choisir le restaurant et nous sommes dans un Japonais que j'affectionne.

Pierre semble disposer de qualités essentielles pour un rencard Tinder. Il parle modérément, semble m'écouter, rit de bon cœur à mes mauvaises vannes et n'a pas regardé une seule fois son téléphone.

Physiquement, il est dans une bonne moyenne. Un mélange improbable entre la frimousse d'Harry Potter et la coupe de Jon Snow.

Winter is stupefix !

C'est quand même dans le haut du panier de ce que j'ai eu sur cette application. Entre ceux qui ont pris trente kilos entre la photo et le rencard et d'autres, avec des portraits vieux de vingt ans, si bien que quand ils arrivent devant toi tu as l'impression que le gars vient d'être recraché par l'application *FaceApp*.

Après, il y a aussi les mollusques dotés de l'intelligence d'un bidet ou les prédateurs au regard lubrique qui te donne des envies de meurtre au bout de dix secondes.

Enfin, il y a les curiosités de la nature. J'ai ainsi découvert le combo ultime dans un individu qui avait la tronche de Philippe Etchebest sur le corps de Jean-Claude Dusse ; le tout nappé de l'élégance de Cyril Hanouna.

Après avoir repris mon souffle, j'ai constaté que tout le bar ne quittait pas notre table des yeux. Était-ce dû au physique étonnant ou à l'enthousiasme bruyant de mon partenaire sur notre rencontre ?

Il est parfois des mystères qu'il faut laisser à la nature...

J'ai donc prétexté devoir aller aux toilettes et je me suis discrètement sauvée. En fait, j'aurais voulu filmer cette improbable combinaison ; d'ailleurs, faute de preuves, mes copines ne m'ont pas crue quand je leur ai décrit le cas.

Ah ! Mes p'tites beautés, un ouvrage digne du Dr Frankestein !

Bref, Pierre me réconcilie avec certains de mes choix et, lorsque je pousse la porte de mon appartement en le prenant par la main, je suis surprise de sentir une légère résistance.

— Tu ne veux pas entrer ?

— Je ne crois pas que ce soit une bonne idée, répond-il doucement.

Oh ! Merde ! Ce soir, c'est moi le mollusque ! Sinon, il me la joue mec qui aime susciter le désir et se l'entendre dire... Cinquante nuances de... quelle arnaque !

— OK. C'est gentil de m'avoir raccompagnée chez moi. Bonne nuit !

Je claque ma porte sans lui laisser le temps de répondre, puis j'écoute. Quelques secondes d'hésitation, il est toujours sur le palier.

Il va frapper ! Ah ! le con ! Il regrette bien maintenant, le Christian Grey de pacotille, hein !

Je n'ose regarder par le judas mais j'écoute, l'oreille collée à la porte. Je reconnais le bruit du clavier. Il est sur son smartphone.

Il doit textoter à ses potes. Il va les rejoindre pour leur raconter sa soirée avec le boudin de Tinder qui voulait coucher avec lui ! Tous des connards ! Vas-y, Lola, ouvre et renvoie-le à Poudlard ou mieux, sur le mur !

Je m'apprête à rouvrir quand ma sonnerie de SMS retentit. Je sors mon téléphone et lit :

« Derrière ta porte. Je comprends que j'ai été maladroit.

Je ne voulais pas te blesser. Je n'ai pas envie que ce ne soit qu'un coup d'un soir. Je te recontacte pour t'emmener dans un restaurant qui fait de la vraie cuisine japonaise. Si tu ne réponds pas, je comprendrais.

Bonne nuit. Pierre. »

Ooooh ! Ouvre ! Vite ! Non ! Attends ! Heu... merde ! Qu'est-ce que tu fais ? Rien ? Ah ! mais la nulle, la naze ! T'es qu'une pauvre fille !

En plein dilemme, subissant les insultes de *Lola la maléfique*, je remarque un papier sur le sol, tombé de ma poche.

Brise l'élan

Retiens l'onde longue

Vient la récompense

Quand finalement j'ouvre, j'entends les pas qui s'éloignent dans les escaliers.

Je souris.

Ce Pierre devient soudainement bien plus intéressant que je ne le présageais.

Ouais, ou il a un micropénis et mise tout sur les relations platoniques ! En attendant, ton score baise vient de tomber au classement.

— C'est vrai, ça !

J'appelle Manu et lui raconte ma soirée.

— Ta théorie de petit zizi se tient, ou bien c'est un pervers narcissique qui veut d'entrée de jeu prendre le pouvoir.

— Comment ça ?

— Il décide quand, et où, vous aurez du sexe. Et cette histoire de vrai restaurant japonais, qui sous-entend que lui connaît mieux que toi la cuisine exotique... Non décidément, c'est une attitude de domination. Ton Harry Snow là, je ne le sens pas !

— Et s'il était juste… sincère ?

— Sans déconner ? Sincère ? Il te laisse la fouffe en feu et veut te donner une leçon culinaire, mais ce serait un gentil ? Fais un gros dodo et on en reparle demain !

Manu rigole et raccroche, très amusée de ma soudaine naïveté. Je lui en veux un peu : j'aurais bien aimé qu'elle me laisse m'endormir sur ce doux sentiment que les hommes bien existent toujours… même sur Tinder !

Je ferme les yeux, la tête remplie d'images d'Hanouna me fouettant les fesses pendant que Jon Snow se moque du zizi d'Harry Potter.

Mais ce n'est pas n'importe quel balai, Harry ! C'est un Nimbus 2000 !

— Ta gueule, Ron !

Rien ne me sera épargné dans cette boîte !

À cet instant, alors qu'un baudrier me broie la teuch, pendant que des dizaines de smartphones sont braqués sur moi et que mon équipe me hurle de respirer, je maudis le jour où j'ai décidé de devenir consultante.

Me voici suspendue à 20 mètres du sol, au milieu d'une tyrolienne, les doigts crispés sur la poulie. J'ai dû faire 5 mètres en 5 minutes et tout le monde est à bout de nerfs.

Franchement, on est large. Reste encore une centaine de mètres et six heures de jour, t'as grave le temps !

Tout avait bien commencé : le bus qui nous attendait Porte d'Orléans, la soirée d'hier était plutôt sympa. J'ai eu le plaisir de discuter avec Gaël, le hipster-breton, puis de le voir mettre un vent au hobbit. Heureusement pour Sophie, Pornstache était sur le dossier et a veillé à ce qu'elle ne se déshydrate pas... jusqu'à ce que Merkel intervienne.

Dommage, on était si proche d'assister au

premier lap dance du week-end !

Ce matin, petit-déjeuner suivi d'une série de jeux de rôles pour créer des liens dans les équipes.

Bon, l'animateur a le physique d'Éric Zemmour et, sans aucun doute, une grande admiration pour Denis Brogniart.

Difficile d'imaginer un Kho Lanta animé par Zemmour ? Bah ! ma boîte l'a fait !

Nous avons dont été répartis par notre Zemmour en trois équipes : les bleus, les rouges et les jaunes.

Je suis dans les jaunes avec Gaël. Chez les bleus, il y a Sophie et Pornstache.

Je pense que ceci ne doit rien au hasard ! Zemmour a été acheté, c'est certain !

Chez les rouges, il y a Tony, Merkel et Alain. Ce dernier a eu les larmes aux yeux quand il a compris qu'il était dans la team du big boss.

C'était touchant. J'étais contente pour lui. Quand ses yeux humides ont croisé les miens, je lui ai souri comme l'aurait fait une mère affectueuse pour son enfant faisant ses premiers pas.

Oh ! Putain ! Toi, t'es en pleine ovulation !

Bref ! Me voici en fâcheuse posture. Les bras tétanisés, la tête en feu et une vessie prête à faire ses valises pour le reste du week-end.

Team-building de merde à chier ! Que les sept plaies d'Égypte et les dix péchés capitaux s'abattent sur les créateurs de ce concept tout pourri qui pue le prout ! Ou l'inverse !

Pour une fois, je suis d'accord avec mon cerveau !

Mais quelle idée à la con ce truc de chasse au trésor dans un parc accrobranche ! Franchement ! Ils ont cru qu'on avait 8 ans, ou quoi ? On n'aurait pas pu passer direct à l'apéro, barbecue et soirée dansante ?

Naaaan ! Il a fallu que l'on me force à grimper sur cette plateforme de merde !

— Tu verras, Lola. C'est très simple. Tu lances tes jambes en avant et tu te laisses glisser, m'avait assuré Zemmour l'aventurier.

— Heu… mais j'ai le vertige.

— Non, Lola. Le vertige, c'est dans ta tête.

Mais va te faire cuire le cul !

— Lola, faut que tu relâches un peu les doigts.

Et là, qui c'est qui va mourir comme une merde, hein ?

— Je veux qu'on me ramène en arrière ! JE VEUX DESCENDRE !

— Non, Lola. On ne peut pas. La seule manière de descendre maintenant, c'est de glisser.

— Vas-y, Lola ! N'aie pas peur ! me crie Sophie.

Attends que je sois en bas le hobbit et je te refais la colère de Smaug ! Putain ? Mais ? Elle te filme, la salope ! Et elle se fout bien de ta gueule ! Même Merkel rigole !

Dans mon esprit, ça ne fait plus aucun doute : je vais mourir ici et ce sera sur YouTube demain !

Image futile

Instantané qui défile

Ne bouge plus

D'après Pornstache, je suis restée suspendue sans bouger pendant presque une heure. En réalité, au bout de 20 minutes, Tony le boss a décidé d'appeler les pompiers. Ils sont arrivés 15 minutes après ; en ont passé 5 à étudier la situation et définir la stratégie pour me redescendre puis encore 10 à me détacher, me shooter pour me détendre et me ramener sur le plancher des vaches.

Il est 23 heures quand Pornstache me laisse enfin seule, après m'avoir montré les vidéos et photos prises de cet événement majeur de notre week-end.

Je digère ma côte de porc et la honte dans mon coin. Les regards qui convergent vers moi ne s'attardent pas. Le temps de visionner un extrait de mes exploits, un sourire moqueur sur les lèvres et mes collègues s'éloignent. Je crois bien que quelques-uns font des mimes.

Fais chier, putain ! Je me sens autant à ma place que le vrai Zemmour débarquant à un séminaire sur la tolérance et le vivre ensemble !

Je voudrais rentrer chez moi, appeler mes copines, me faire réconforter avant de rédiger ma lettre de démission. Parce que, soyons clairs, à moins d'un miracle dans les douze prochaines heures, je ne peux pas garder ce job ! Un boulot dans lequel je serai à jamais la gourdasse en larmes qui est restée pendue à un filin comme un jambon qu'on fait fumer.

— Sale journée, hein ?

Je relève le nez de mon verre de blanc et vois Gaël qui s'installe près de moi.

— Pfff ! Quelle galère, tu l'as dit !

— Je déteste ce genre de plan. Comme si on pouvait, le temps d'un week-end, transformer des concurrents de bureau en meilleurs amis. Une belle connerie !

Je commence à aimer la Bretagne.

— Tu as mal quelque part ?

— J'ai des courbatures partout.

— Pas étonnant. Un stress aussi intense, ça met l'organisme à rude épreuve.

Il marque une pause et plonge ses beaux yeux bleus dans les miens.

— Tu as besoin de quelque chose ?

— Un câlin !

Putain ! Direct, Lola ! Même moi, je suis choquée ! Ce doit être les restes du décontractant des pompiers...

Gaël hésite, regarde autour de nous.

— Je ne suis pas certain qu'il faille ajouter ça au crédit des anecdotes du week-end, te concernant !

— Tu as raison !

Je pose mon verre, me lève et lui attrape le poignet. Je le guide jusqu'à ma chambre et une fois à l'intérieur, je le pousse sur le lit.

Vas-y, mon beau Gaël, joue-moi du biniou ! Et c'est Lola qui reste sur le poteau !

— Ta gueule, Denis !

Le lendemain matin, la plupart de mes collègues doivent avoir trop mal au crâne pour m'envoyer leurs regards sarcastiques. Ou est-ce moi qui me sens merveilleusement bien après cette nuit dans les bras de Gaël ?

Je remarque alors Pornstache, installé dans un fauteuil roulant, qui est poussé dans le hall de l'hôtel vers un taxi. Je m'approche de Merkel.

— Qu'est-ce qui lui arrive ?

— Oh ! Lola ! Vous allez mieux, j'espère ? Puis, sans attendre ma réponse, elle enchaîne : vous avez dû vous coucher tôt après vos émotions d'hier après-midi. Hé bien, figurez-vous que, cette nuit, ce jeune homme a fait une mauvaise chute.

— Sur la piste de danse ?

— Non, durant ce que l'on peut qualifier de *sportive partie de jambes en l'air* ! Lui et la jeune acrobate n'ont rien trouvé de mieux que de s'affairer sur le piano du bar lounge de l'hôtel, fermé pour l'occasion. Un magnifique instrument qui était sur une estrade. Ils ont dû faire montre de trop de vigueur puisque le piano a glissé, entraînant le couple dans sa chute. *A very bad trip !*

— Mince alors ! Et comment vont-ils ?

— Lui a un sérieux tour de reins et la jeune femme s'est cassé le coccyx. Elle a été conduite aux urgences plus tôt ce matin. Mais vous la connaissez, elle est dans votre département : c'est la petite Sophie.

Merkel m'a raconté toute l'histoire, un large sourire sur le visage. Elle semble très amusée par la situation et ne rechigne pas à la répéter à qui veut l'entendre.

Dans ma tête, il y a comme un feu d'artifice.

OMG ! Le hobbit s'est fait péter le cul par Pornstache ! Le voilà ton putain de miracle, Lola ! Bénis soient les voltigeurs du sexe !

Merkel me souhaite un bon retour et grimpe dans la voiture du patron. J'ai comme l'impression que Tony fait sérieusement la gueule quand il me rend mon coucou de la main. Pas sûre que l'on doive se coltiner un week-end comme ça l'année prochaine !

Et ouais ! On a les Avengers qu'on mérite,

Lorsque je réintègre mon appartement, je défais mon sac et y trouve un papier. Celui-ci ne vient pas de Jeff, l'écriture est différente.

« Je crois que tu aimes les petits mots doux, tu en as toujours avec toi.
Juste t'écrire que j'ai aimé ces moments.
J'espère d'autres nuits, toi et moi.
Gaël. »

C'est décousu et ce n'est clairement pas un haïku, mais ça me fait fondre. Soudainement, je suis une guimauve. Je relis et résiste à l'envie de lui envoyer un SMS.

— Je vais le voir demain au boulot, ce sera super ! Ce sera...

Putain ! Je vais le voir demain au boulot ! C'est un collègue ! Tu baises un collègue, Lola ! Et il a l'air accro... T'es tellement dans la merde !

Je prends conscience de ma nouvelle situation. Que faire ? Je saisis mon téléphone, le repose, plusieurs fois d'affilée, incapable de me décider. Je ne vais pas non plus appeler les copines. Manu me ferait la morale sur une relation avec un collègue qui va ruiner mes opportunités et me cataloguer comme *fille facile*. Quant à Sab, elle va me questionner sur les détails sexuels et là, ça va me saouler !

C'est le moment que choisit Pierre, mon *date* Tinder, pour m'appeler. Déjà dépassée par les événements précédents, je décroche.

— Salut Lola. Hum... C'est Pierre, je voulais savoir si tu allais bien ?

Ça va super, écoute ! J'ai passé une nuit géniale avec un beau gosse qui s'avère être mon collègue et là, je ne sais pas quoi faire... Tu tombes vraiment bien !

Mon cerveau continue son monologue alors qu'aucun son ne sort de ma bouche.

— Lola ? Tu m'entends ?

— Heu... oui oui. Écoute, je rentre tout juste d'un week-end avec mon taf. Je suis crevée, on peut se rappeler plus tard ?

— Tu m'en veux ? Pour l'autre soir, j'veux dire ?

Putain ! Mais quel boulet !

— Non, pas du tout. Je suis fatiguée là.

— Ah… Tu penses que tu seras remise demain soir ? Je voudrais t'inviter dans le resto dont je t'ai parlé. Ça te dit ?

Oh ! Mais quelle bonne idée ! Je peux amener un ami ?

— Pourquoi pas, réponds-je sans réellement décider.

— Super ! Je te rappelle dans la journée pour s'organiser, ça te va ?

— Ouais, nickel !

On est d'accord que t'es en train de t'ajouter encore des problèmes, là ? Mais bon, tu fais comme tu veux ! T'es une grande fille… C'est le bordel dans ta tête et bientôt dans ta vie, mais on s'en fout, pas vrai ?

— Je suis content, parce que tu me plais beaucoup, Lola. Je voulais que tu le saches. L'autre soir, je… je ne voulais pas te blesser.

Raccroche, Lola. Ce gars est pire qu'une tyrolienne !

— OK, tant mieux. Bonne soirée, alors.

Et je coupe aussi sec la communication. Que vient-il de se passer ?

— Je n'aurais jamais dû décrocher ! me dis-je à voix haute.

Je suis bien trop obnubilée par les questions de comment me comporter avec Gaël demain, au taf. Dois-je lui faire la bise ? Lui serrer la main ? Lui rouler une pelle ? Que faire s'il prend l'initiative ? Et surtout, de quoi ai-je envie ?

Et si ça se sait au boulot, que va-t-il se passer ? J'imagine déjà les collègues qui vont vite lâcher l'affaire des cascadeurs Pornstache et Sophie pour embrayer sur le nouveau couple. Pas envie de supporter ça...

Je me couche sans aucune réponse à mes questions. Dans ce genre de cas, la fille est souvent estampillée *salope* quand le mec fait figure de *beau gosse*. Je n'ai donc pas le beau rôle !

Je cherche sur Google s'il existe une légende au sujet d'une séduction magique des Bretons...

Ils ont bien Brocéliande, Merlin et d'autres trucs chelous !

Il me faut une bonne raison qui expliquerait

qu'une fille respectable comme moi ait pu succomber au charme de Gaël ! Sinon, que vont penser Tony, Alain et Merkel ?

J'entends le loup, le renard et la belette...

— Ta gueule, Manau !

10h03. Le team-keep démarre en retard. Toute l'équipe est au garde-à-vous. Enfin, presque toute l'équipe...

— Bonjour à celleux que je n'ai pas encore vu. J'espère que tout le monde est bien rentré hier soir.

Alain jette un regard dans ma direction, comme pour vérifier que je suis remise de mes émotions, avant de poursuivre :

— Vous aurez remarqué l'absence de Sophie, qui s'est blessée durant le week-end. Elle sera absente plusieurs jours et...

— Elle a décidé de reprendre le solfège ? coupe un des développeurs.

— Non, elle préfère changer d'instrument, elle va se mettre au pipeau ! surenchérit un autre gars.

Et tout le monde rigole. De ce rire gras et absurde que j'appelle *rire de vestiaire* ou *rire de PMU*. Un bruit que les nanas détestent car il ponctue souvent des propos sexistes enrobés d'humour, qui font passer celles qui réagissent pour des harpies.

Je suis folle de rage de constater que Gaël se marre aussi.

— Super les mecs ! Plein de vannes sur Sophie ! Et alors, rien sur la longueur de la baguette de Greg ou sur sa dextérité au clavier ? Non ? Toutes les blagues sont sur la nana, bien entendu ! On ne vous a jamais dit que ce genre de chose ne faisait pas pousser la bite !

J'ai gueulé ma dernière phrase. Tellement fort, que les discussions sur le plateau autour de nous ont toutes cessé.

Le visage d'Alain est cramoisi. Je ne sais pas dire si c'est de colère ou s'il est choqué ! Les autres mecs échangent des regards nerveux.

Et Lola perd 50 points de sex-appeal !

Soudain, je me sens davantage comme Britney Spears qui vient de se raser la tête que comme Aria Stark transperçant le roi de la nuit !

Oups ! I did it again !

— Heu... en effet. Je propose de cesser toutes les blagues à ce sujet. Je vous encourage plutôt à accueillir notre invitée exceptionnelle : Linda, qui est notre responsable Qualité et

Méthode.

Alain, toujours tremblant des derniers événements, montre une femme d'une quarantaine d'années que je n'avais même pas remarquée. Elle semble tout autant à l'aise que mon chief et nous salue timidement.

— Linda est là pour nous présenter le nouveau *corpus normatif des product's process.*

Bon ! Je retire tout ce que j'ai dit ! Reprenons les blagues sur Sophie ! Pitié !

Et, bizarrement, tout le monde me regarde comme si ce qui allait suivre était entièrement de ma faute. Une espèce de punition collective pour la crise de nerfs de Lola-la-tyrolienne !

Héééé ! Il est évident que c'était prévu avant ! Je n'y suis pour rien, merde !

Ainsi, en ce joli lundi au soleil, nous entamons religieusement le parcours de la mort cérébrale. Un genre de purgatoire destiné à rendre tous les collaborateurs efficaces. Je suis presque contente de découvrir un nouveau papier dans ma veste.

Ce qui vient

Souffle de vent

Orage amer

Et Linda enchaîne les slides.

— ... chacun connaissant la méthode AGILE, nous allons donc y accoler le LEAN Management. Vous serez certifiés au cours de l'année. Là, il ne s'agit que des bases. Vous allez voir, c'est vraiment passionnant et je suis certaine que...

Les lèvres de Linda bougent. Des animations prennent vie dans son PowerPoint pendant que je me demande comment j'ai pu ne pas la remarquer dès le début. Elle était pourtant juste à côté d'Alain. Comment fait cette dame pour se fondre dans le paysage, jusqu'à frôler l'invisibilité ?

Oh ? Serait-ce l'une des 4 Fantastiques ? Ça, ce serait cool !

En définitive, c'est moins extraordinaire. Cette femme est simplement un non-événement. Son teint fade, ses cheveux ternes, des vêtements monochromes et, maintenant qu'elle parle, je réalise que même sa voix est plate.

Restons prudentes, c'est peut-être une arme secrète, destinée à hypnotiser les ennemis avant de les pourfendre !

Je dois résister. Mon esprit s'échappe, hors d'atteinte de cet ennui abyssal. Je scrute Gaël pour essayer de croiser son regard. Repérer un signe prouvant qu'il a envie de me retrouver, loin de ce lundi matin tout pourri. Percevoir la confirmation que notre histoire est envisageable, sans l'étaler au bureau.

C'est surtout que t'as un rencard ce soir avec un autre gars. Autant savoir tout de suite si tu dois le maintenir ou non !

Je reçois alors un SMS de Gaël qui me demande si tout va bien… Pourquoi cette question ? Je me lève et me faufile aussi discrètement que possible jusqu'à lui.

— Putain, quelle loose cette réu ! lui chuchoté-je en m'asseyant.

— Tu es certaine que ça va ? Pourquoi tu t'es énervée comme ça tout à l'heure ? me répond-il tout aussi doucement.

— Parce que j'en ai marre que les vannes se fassent toujours au détriment de la meuf !

— Merde, Lola ! La nana en question, c'est Sophie. La gonzesse la plus chaude de toute la boîte. C'est normal qu'elle soit la cible.

— Non, c'est du sexisme !

— Crois-moi, cette meuf, avec son attitude de bimbo assoiffée de cul, fait bien plus de tort à la cause féminine que les quelques blagues de ce matin !

— Qu'est-ce que tu en sais, toi, avec ton gros zizi ?

J'ai dû parler un peu fort car les têtes se tournent vers nous et même Linda nous a jeté un regard inquiet.

Gaël quant à lui, ne répond pas. Par contre, il sourit, et d'une force !

Ah ! Putain ! C'est à cause de la référence à la taille de son sexe ! Ah ! Ça va lui faire la journée !

Cette satisfaction m'agace au plus haut point et je me lève pour rejoindre ma place d'origine, sous l'œil noir d'Alain.

Je repars dans un demi-coma, bercée par la litanie de Linda, lorsqu'une mélodie s'insinue dans mon esprit.

Touche mon zizi, oui oui oui !

— Ta gueule, Francky !

La normalisation, Cersei et une coloscopie

Les slides défilent, inlassablement.

Soudain, je me demande ce qui a bien pu se passer dans la vie de Linda pour la conduire ici. Quel est l'événement qui a tout fait basculer ? Parce que je refuse de croire que, lorsqu'elle était encore une petite fille, elle rêvait de faire le beau métier de *Master casse-couilles en process* !

Personne ne peut naturellement désirer devenir aussi détestable qu'un contrôleur URSSAF…

… ou qu'une caméra de coloscopie !

C'est exactement ça ! Pourquoi, hein, Linda ?

— Pourquoi ? dis-je à voix haute, sans le vouloir.

Linda s'interrompt aussitôt.

— Oui ? Vous souhaitez dire quelque chose ? me demande-t-elle, souriante.

Tout le monde me regarde. L'un des connards que j'ai engueulés tout à l'heure chuchote un truc à son voisin puis se tourne vers moi.

— Une nouvelle aventure de Lola Croft ! annonce-t-il, ravi.

Un rire parcourt la salle et la panique reprend sa place dans l'œil de mon chief.

Bon, je suis définitivement estampillée *chieuse du jour*, alors je décide d'assumer.

— Si je suis ce que vous nous expliquez, Linda, et que je le décline sur un acte simple, comme euh… le besoin d'un nouveau stylo bleu à bille, par exemple. Pourquoi vouloir normer la marche à suivre ?

— Pour des raisons évidentes d'efficacité !

Elle irradie tant elle en est convaincue.

— Avant les procédures ou la normalisation, ce qui, entre nous, reste très laid comme terme ! Bref, quand on avait ce genre de besoin, on allait voir les secrétaires. On demandait un stylo bleu à bille, elle fouillait dans son stock et nous en donnait un.

— Et ?

— Quand le stock s'épuisait, la secrétaire

commandait de nouveaux stylos auprès de son fournisseur, remettait son stock d'aplomb et ainsi de suite.

— C'est toujours le cas !

— Non, parce que des ingénieurs en normalisation ont décidé que le choix était source de dépenses inutiles et qu'il fallait fonctionner en responsabilisant les consommateurs, c'est-à-dire, nous. Ceux qui utilisent des stylos bleus à bille.

— C'est tout à fait ça !

— Donc, maintenant, si je veux un stylo bleu à bille, je remplis un long formulaire qui recense toutes les fournitures possibles, plus de 80 références, il me semble. J'y renseigne mon matricule collaborateur, mon nom, prénom et date de demande. Je le transmets ensuite à mon chef, pour qu'il valide. S'il pense opportun que j'écrive avec ce type de stylo, il ajoute son code de gestion, qu'il doit connaître au préalable, signe et l'envoie au directeur de son unité. Ce dernier fera évidemment les mêmes contrôles et validera, ou pas, cette demande qui sera ensuite adressée au responsable de l'économat qui pourra alors soit commander, soit refuser. Dans le second cas, le refus sera notifié aux deux signataires précédents et au demandeur.

— Voilà une belle démonstration !

Elle commence à se frotter les mains avec nervosité.

— Je m'interroge : combien coûte un stylo à bille bleu ?

— Aucune idée !

Sa voix trahit un certain agacement.

— Moi non plus. En revanche, ce que je sais chiffrer, c'est le coût horaire d'un consultant, d'un chef de département, d'un directeur et d'un responsable de l'économat. Le total permet d'acheter beaucoup de stylos !

— C'est absurde ! Je ne vois pas le rapport avec ce que j'explique : il s'agit de projets, pas de stylos !

— Je désirais juste exposer que, sur un acte simple, on peut perdre du temps et de l'argent en voulant normaliser les choses à outrance. Ainsi, pourquoi empiler les procédures, ce qui risquerait, à terme, d'être contre-productif ?

Alors là, les gars ! J'ai envie de faire le tour du plateau, mon t-shirt renversé sur la tête comme si je venais de marquer un but! Ah! La gueule des connards! Je suis trop forte, trop puissa... Bah! Oh! Merde! Linda, ne chiale pas quand même?

Il y a encore trente secondes, tout le monde me souriait. Ils étaient convaincus par ma démonstration, mais, à présent, ils voudraient me lapider.

Je suis passée de classe façon Barack Obama à crasse, façon Donald Trump, et ça, en un rien de temps!

En fait, dès que la première larme a coulé sur la joue flasque de Linda. La pauvre nana est partie en direction des toilettes, secouée par des sanglots. C'en est trop pour Alain qui sort de sa réserve habituelle.

— Alors là, Lola! Tu dépasses les bornes! Ce n'est vraiment pas *corporate* de ta part!

Bah! Non, en fait, il est toujours aussi mou! C'est juste une crème aux œufs en colère... Un flan, quoi!

— Rho! C'est bon, Alain. Je ne l'ai pas tapée non plus! Pis, arrête avec ton *corporate* à tout va, là! Cherche des synonymes dans ton Harrap's! dis-je en prenant, à mon tour, la direction des chiottes.

Je me demande s'il ne va pas aussi se mettre à chouiner... Sa lèvre inférieure frémissait quand je lui parlais !

Je rentre dans les w.c. et trouve Linda en train d'essuyer son mascara qui a coulé.

— Je suis navrée, Linda. Je ne voulais pas vous blesser, lui dis-je une fois près d'elle.

— On peut se tutoyer ? Lola, c'est ça ? La reine de la tyrolienne !

Ouch ! Bon, on lui laisse. Tu viens de lui mettre la honte devant tout le bureau...

— OK. Écoute, Linda. Reviens et je te promets de fermer ma grande gueule !

Elle me sourit, comme si elle s'amusait.

Pourquoi est-elle soudainement si joyeuse ?

— Surtout pas ! Je les connais, les petites pétasses dans ton genre. Elles se pavanent sur les plateaux du haut de leurs talons, de leur trentaine fraîche et de leur statut de consultante. Draguées par tous les mâles de la boîte, invitées à toutes les soirées, et jamais satisfaites de leur sort. Crois-moi, j'en ai vu passer pas mal avant toi !

Je suis soufflée, incapable de réagir. Ne sachant pas si Linda blague ou non.

— Je te souhaite bonne chance pour la suite, Lola. Tu en auras besoin !

Puis, elle déchire une nouvelle feuille de PQ qu'elle roule en boule et glisse sous son nez avant de ressortir, la tête basse.

Ah ! La salope de sa mère la pute ! Elle est tellement forte ! C'est Cersei Lannister en vrai, c'te meuf !

Quand, à mon tour, je sors des toilettes, tout le monde a réintégré son bureau. Je m'installe au mien en essayant d'ignorer les regards accusateurs sur moi.

Un message arrive sur le chat interne, c'est Gaël.

<< Tu veux sortir déjeuner ce midi ? Loin de cette ambiance de merde ? >>

<< Carrément ! Je te raconterai ce que cette tarée m'a dit aux w.c.... >>

<< Okay. D'ici là, essaye de rester sage et de ne faire pleurer personne ! >>

<< Très drôle ! >>

11h23. Il va me falloir attendre un peu. Je n'arriverai pas à travailler, je suis trop énervée. Vexée de m'être fait avoir par cette garce.

Je suis Margeary dans le septuaire de Baelor et Linda Lannister vient de foutre le feu !

Cette salope de Cersei est désormais ma némésis et je dois l'éliminer, d'une manière ou d'une autre !

Du calme ! Je te rappelle que, question dragon, on est un peu à court en ce moment !

Je lance une recherche Google : comment acheter un dragon ? Les résultats me proposent des liens vers des pages de Game of Thrones…

Bah ! tu m'étonnes !

… et d'autres liens qui listent des rituels magiques, tous payants, évidemment.

De la magie, pour créer un dragon ? Il y a vraiment des gens pour payer ?

— Sinon, plus simple et moins cher, je peux essayer les sorts de l'école des sorciers.

Crache limaces ! Expelliarmus ! Endoloris !

— Ta gueule, Hermione !

L'art de la guerre, du Chardonnay et des hanches en plastique

Pierre m'attire contre lui et nous nous embrassons longuement.

— Cette fois, je peux entrer ? me demande-t-il lorsque j'ouvre ma porte.

La soirée a été très sympa. J'ai apprécié sa compagnie qui me change des consultants de ma boîte.

Ce soir, j'ai appris qui il était.

Pierre travaille dans une galerie d'art ; il est, de fait, très cultivé et veut m'emmener dans les plus grands musées mondiaux. Il est également bénévole dans une association et consacre deux semaines de congés par an dans des voyages humanitaires. Soit pour participer à des chantiers, soit pour enseigner aux enfants.

Il est dévoué et passionnant.

— Je te préviens, si tu entres, on fera l'amour.

— Zut alors ! répond-il en fermant la porte derrière lui.

Bon ! Tu réfléchiras à ça demain, hein… Profite de l'instant !

Et j'ai profité…

Le lendemain matin, alors que je viens d'esquiver Gaël pour la troisième fois, Merkel se plante devant mon bureau.

— Bonjour, Lola. Tony voudrait vous voir. Immédiatement !

Oh la vache ! Elle est aussi aimable que lors de votre première rencontre. Elle tire une gueule !

— OK. Merci, balbutié-je, décontenancée par la soudaine froideur de Merkel.

Je me lève et remarque Alain, qui tourne la tête pour éviter de me regarder.

Lui, il sait ! Et il n'est visiblement pas innocent avec ce qui va suivre !

Lorsque j'arrive dans le bureau de Tony, il est au téléphone. Il me fait signe d'entrer tout en continuant sa conversation, qui dure encore cinq bonnes minutes. Quand il raccroche, il pousse la porte en verre et revient s'asseoir en face de moi.

— Il fallait que je te voie, Lola. Je voulais d'abord savoir si tu t'étais remise de ton... incident tyrolienne ?

— Oui, impeccable. Merci.

— Pas de rancœur vis-à-vis de la boîte ou de tes collègues ?

— Heu... non, pourquoi ?

— Parce que ça pourrait expliquer ton attitude agressive envers Linda hier... Qu'en dis-tu ?

Ah ! Nous y voilà ! C'est vraiment une belle salope, Linda Lannister ! Et l'autre, là, Alain-de-Sans-Couilles qui a dû me charger. Trop peur de tenir tête à Tony !

— Lola ? Tu as entendu ma question ?

— Oui, je la pensais rhétorique, réponds-je d'un ton glacial.

Il sursaute et une lueur passe dans ses yeux.

Chapitre 7 de l'Art de la guerre, mec ! Après avoir évalué tes forces, Lola opte pour l'affrontement direct !

— Elle ne l'était pas. J'aimerais vraiment

comprendre si le fait que tu agresses une collègue a un lien avec l'humiliation subie durant le week-end ?

— Je vais te rassurer, Tony. Je ne me suis pas sentie humiliée. Je me suis sentie pas écoutée. Alors que j'ai formulé clairement mes craintes et que j'ai indiqué souffrir du vertige, on m'a forcée à grimper, au seul prétexte du bienfait pour l'équipe. Je mets ça sur le compte d'une méconnaissance des phobies. Ce n'était donc pas prémédité ; ça reste un accident, pas une humiliation.

Il se lève, fait quelques pas dans son immense bureau et regarde par la fenêtre.

— Tu n'as donc aucune excuse !

— Si tu fais référence à la réunion d'hier matin avec Linda, tu n'as eu qu'un seul son de cloche.

— C'est pourquoi je désirais te parler, répond-il en se retournant.

— J'ai simplement voulu contre-argumenter sur la juxtaposition des normes et des procédures. Je n'ai, à aucun moment, porté de jugement sur le travail ou la personne de Linda. J'ai essayé de poser un débat, c'est tout.

— Vraiment ? Tu nies avoir perturbé la réunion dès son début, en insultant les collaborateurs masculins ? Tu n'as pas non plus changé de place durant l'exposé de Linda pour venir parler avec un collègue et fait état de la taille de son sexe ? Enfin, après avoir, durant de longues minutes, provoqué une situation de malaise, tu n'as pas cherché à démontrer que le job de Linda était source de perte d'argent ?

Bon, il semble que Tony t'attribue le rôle de la connasse... Tu aurais dû rester au chapitre 5 du livre de Sun Tzu parce que là, t'es dans la merde, Lola !

— C'est une vision partiale de ce qui s'est passé. Oui, je me suis énervée auprès des mecs de l'équipe qui faisaient des blagues sexistes sur Sophie suite à... enfin, à l'autre accident du week-end. Ensuite, je n'ai pas cherché à perturber la réunion... Je... je devais régler un truc avec un collègue.

— À propos de son gros zizi, c'est ça ?

— OK. Quoi que je dise, tu as visiblement choisi ta version de l'histoire !

— Corrige-moi, alors ! N'est-ce pas ce que tu as dit tout fort durant la réunion ?

— Si, cependant, c'est pris hors contexte...

— C'est tout le problème ! me coupe-t-il. Ça n'a rien à faire dans une réunion ! Comment puis-je t'envoyer en clientèle si tu risques de parler de bite ou de gros zizi en pleine réunion ?

Je bouillonne, car je sens poindre l'injustice de ce qui va suivre et je ne peux rien dire pour changer ça. Soudain, je comprends mieux les menaces de Linda.

— Je te repose ma question initiale. Qu'en dis-tu ?

Bah ! Le discours façon start-up nation est bien mort ! T'es comme tous ces connards de directeurs qui se délectent de ce genre d'entretien. T'es pas Tony Stark, t'es ce con de Thanos avec le gant de l'infini, prêt à me réduire en poussière !

— J'en dis que tu voulais juste me voir pour me faire la leçon et que mon sort était scellé avant même que je franchisse la porte. J'en dis que si tu ne peux pas envoyer une consultante chez un client, elle n'a aucune raison de rester parmi tes équipes ; cela te donne donc un motif légitime de me virer. Et enfin, j'en dis que tu devrais réfléchir à combien de jeunes femmes, ayant le statut de consultante, tu as foutu dehors suite à un souci avec Linda ? Ce dernier point ne devrait pas être négligé.

Ouais ! On te la laisse, ta Linda Lannister ! Tu seras bien content au prochain team-building, à l'atelier scrapbooking ou modelage de hanches en plastique, parce qu'il n'y aura plus que des vieilles meufs dans tes équipes !

— C'est très immature comme réponse, Lola. Contrairement à ce que tu dis, je n'ai pas encore pris de décision. Je désirais vraiment échanger avec toi et je ne te cache pas que je suis un peu déçu.

Cette dernière phrase briserait le cœur d'Alain... Moi, je m'en balec total, mec !

— Voici enfin une chose que nous avons en commun.

Voilà, voilà ! Tu peux recommencer à mettre ton CV à jour, ma grande. Cersei 1 et Lola -10 000 !

Lorsque je reviens à mon bureau, il est à peine 11h00. Durant quelques minutes, je me repasse le film de la réunion d'hier et de l'entretien avec Tony. Je fulmine et cherche Alain qui me fuit ostensiblement du regard.

J'ai envie de lui hurler dessus et, lorsque la

fenêtre du chat clignote, avec un message de Gaël qui ne comporte qu'un émoji cœur, je craque.

Je plie bagage et j'informe Alain que je prends le reste de ma journée. Il ne trouve rien à dire pendant que je m'éloigne d'un pas décidé.

J'ignore les appels de Gaël durant tout le trajet. Je m'arrête à la supérette près de chez moi et m'achète une bouteille de Chardonnay à laquelle un petit papier vient se coller quand je la sors de mon sac.

Tomber devant

Apprécier l'habit du mépris

Du roseau qui plie

Je coupe la sonnerie de mon téléphone, me sers un grand verre et mets ma Playlist *No futur* sur mon enceinte.

À la troisième gorgée, pendant le refrain de *Trust*, je sanglote en injuriant tous les protagonistes de cette journée de merde.

Toute guerre est fondée sur la tromperie.

— Ta gueule, Sun Tzu !

Une sanction, des croissants et un combo breton

La sanction est une chose que l'on apprend très jeune. Les gros yeux, les tapes sur les doigts, les gueulantes et, bien sûr, les punitions.

La fessée ! La fessée ! Ah non ! C'est interdit… mais que pour les enfants !

Une fois adulte, on évite d'être transgressif, car les sanctions pour les grands sont souvent lourdes de conséquences.

Dans le monde de l'entreprise, la sanction a une fonction : marquer les esprits. L'esprit de celui ou celle qui en est la cible, mais surtout, de la masse. Tous les autres qui pourraient vouloir suivre le mauvais exemple. Ceux-là doivent en être dissuadés à la simple évocation des terribles histoires vécues par les délinquants qui les ont précédés.

Elle peut être définitive : un employé déconne, on le fout à la porte.

Elle peut être dissuasive : un employé déconne, on le met à pied avec suspension de salaire.

On lui pique sa caisse ET son fric ?

Non, on lui interdit de venir travailler pendant quelques jours, sans le payer.

Enfin, elle peut être symbolique. Un employé déconne, on le convoque et on lui met un avertissement. Ce qui blesse surtout l'ego et sert à remettre l'outrecuidant dans le rang.

Dans mon cas, elle a été inventive et incroyablement fourbe. J'en arrive même à penser que Linda Lannister a été consultée pour le coup.

Trois jours après mon super entretien avec Tony, j'ai été positionnée chez un client... à Clermont-Ferrand !

Depuis deux mois maintenant, je passe quatre jours par semaine loin de Paris. Depuis deux longs mois, je vis en appart hôtel, qui n'a de différence avec une cellule que son prix journalier. C'est moche, petit et froid !

Comme une pensée de Yann Moix !

Quant à ma vie sociale, elle se résume à ce que j'ai la force de faire le week-end. Mon break de fin de semaine ne pouvant démarrer que le samedi puisque je rentre tard la veille.

Je ne peux rien programmer le vendredi soir, sans compter qu'une fois sur deux, le train est en retard, annulé, remplacé... un vrai bonheur !

Je partage le temps qu'il me reste entre mes copines, les lessives et mes deux mecs. Oui, c'est un autre point que je n'ai pas eu le temps de régler : choisir entre Pierre et Gaël. Du coup, je remets sans cesse à plus tard et, jusqu'à présent, ça passe crème !

Tu oublies ce qui s'est passé le mois dernier ?

Oui, c'est vrai que j'ai frisé la catastrophe...

Nous étions à poil dans mon pieu avec Gaël quand Pierre m'a envoyé un texto.

« Coucou, ma businesswoman. Je suis en bas de chez toi avec des viennoiseries toutes chaudes. Ton code a dû changer, je n'arrive pas à entrer. Tu me l'envoies ? »

Autant dire que j'ai légèrement paniqué.

Légèrement ? Tu as sauté du lit, fais les cent pas en secouant ton téléphone devant un Gaël effaré.

— Qu'est-ce qui t'arrive ?

— Heu… rien… je viens de… non… rien…

— Tu es sûre que ça va, Lola ?

Hé ben ! C'est peut-être un bon coup, mais c'est clairement pas un prix Nobel !

— Je reviens !

J'ai foncé dans la salle de bain. J'ai commencé un texto puis effacé, puis recommencé, puis encore effacé. Pendant que je tentais de rassembler mes esprits, *Lola la maléfique* hurlait dans ma tête.

Mais qu'est-ce que tu fous, putain ? Pendant que tu hésites, quelqu'un lui a peut-être ouvert la porte. Un voisin qui l'a déjà croisé et reconnu. Faut vraiment que tu te bouges !

« Hello, désolée, je dormais encore. Je ne suis pas chez moi et… »

Je peux presque l'entendre monter les escaliers. Il est au troisième Lola, grouille-toi !

— Mais ta gueule, merde à la fin ! hurlé-je à moi-même.

— Tu m'as parlé, Lola ? demande Gaël

depuis la chambre.

À un moment donné, va falloir qu'il la ferme, le kouign-amann. Il nous fait chier à force !

— Non, non, rien. Je suis au téléphone. Heu… une urgence copine.

Je reprends le fil de mon texto et accélère la rédaction. Au diable les fautes de frappe !

« … je ne vas pas pervoir t'ouvrir. Dommge, j'aurais bien imé de voir. Je tpl ce soir. Bise. Lolal. »

J'envoie et cesse de respirer, les yeux rivés sur l'écran.

…

…

…

— Lola ? Tu veux que j'aille nous acheter des croissants ?

Oh ! Mais elle ne veut pas prendre des vacances, la bigoudène ?

— Non non ! Surtout pas, merci.

— Pourquoi *surtout pas* ?

— PUTAIN ! MAIS JE SUIS AU TÉLÉPHONE, MERDE !

— ...

Hé ben, il a enfin arrêté d'faire du reuze !

J'ai attendu encore quelques minutes dans le silence. Mon cœur a pu reprendre son rythme normal, puis mon téléphone a bipé quand Pierre m'a répondu.

« ☹ Je suis déçu, mais tant pis. Quelqu'un m'a ouvert, alors j'ai déposé une partie de mes victuailles sur ton paillasson. Tu trouveras tout en entrant, si tes voisins ne sont pas des chapardeurs ☐ Des bisous tout doux. P. »

Il ne me restait plus qu'à m'habiller, faire croire à Gaël que je sortais cinq minutes et revenir avec le sac, en prétextant que c'était pour m'excuser de ce réveil en fanfare. Seulement, quand je suis sortie de la salle de bain, Gaël n'était plus là.

Je pense que ta beuglante lui a foutu le chouchen en vrac. Kenavo !

J'ai ouvert la porte, récupéré le sac déposé par Pierre, et je me suis installée, toujours à poil, dans mon canapé pour déguster les croissants. Je cherchais comment m'excuser auprès de Gaël quand ma porte s'est ouverte.

Là, dans mon entrée, il y avait Gaël, une baguette sous le bras, un sac de viennoiseries dans une main et mes clés dans l'autre.

— Je croyais que t'étais parti ! ai-je dit, la bouche pleine, faisant s'éparpiller des miettes sur mes seins.

— Comment tu as eu ces croissants ?

— Heu…

— Oh putain ! Je vois ! Quel con je fais ! C'est moi qui ai ouvert au livreur, je reconnais le sac ! Tu les avais commandés, c'est ça ? C'était une surprise ? Oh, mais c'est trop adorable !

Et il m'a embrassée avant de filer préparer le café, tout heureux.

Il est mignon Monsieur Pignon !

Cet incident du dimanche matin a eu deux effets sur ma vie sentimentale : désormais, Pierre et Gaël ne viennent plus chez moi, c'est moi qui vais chez eux. Enfin, je n'arrive pas à me sortir de la tête que Gaël est un peu con, et *Lola la maléfique* l'appelle tout le temps *Pignon*.

Côté copines, ce n'est pas la joie non plus. Sab me reproche de passer plus de temps avec mes mecs qu'avec elles. Je vais pourtant tous les samedis matin à son salon. On se fait une séance entre filles baptisée *Talk and Tif* par la grande Sab.

— Mouais… Moi, je préférais la *Lola pas consultante*. On la voyait tout le temps, et elle était plus drôle. Maintenant, tu habites loin, tu racontes que les conneries de ton taf bizarre ou tu parles que de tes mecs.

— Bah ! Je croyais que ça te plaisait d'avoir des détails sexuels ?

— Quand il n'y a que ça, on finit par se lasser. Et puis, ton galérien là…

— Galeriste !

— Ouais, c'est pareil. Bref, plus tu nous en parles, plus je suis d'accord avec la théorie de Manu !

En effet, Manu est persuadée que Pierre est un manipulateur qui veut me tenir en laisse. L'épisode des croissants livrés à domicile a fini de l'en persuader.

— Ce type a tout le profil du pervers narcissique. À croire que les analyses sont réalisées pour le décrire. Garde le gentil monsieur Pignon et vire-moi ce Joe Goldberg !

— Qui ?

— Le type trop flippant là, dans la série *You*, précise Sab. Je suis certaine qu'il surveille ton Facebook et tout !

— Mais non !

— Franchement, entre un couillon et un sociopathe, tu as choisi judicieusement ! raille Manu, satisfaite de sa référence cinématographique.

— Attendez au moins de les rencontrer !

— Quoi ? Sérieux ? Tu vas nous les présenter ? s'étonne Manu.

— En même temps ?

— Mais non, Sab ! Un le week-end prochain et l'autre, le suivant. Comme ça, vous vous ferez un avis.

— Et si on préfère l'idiot, tu choisiras le sociopathe, rien que pour nous emmerder !

— Mais arrêtez, Gaël n'est pas stupide non plus.

— Espérons qu'il soit plus idiot que l'autre n'est dangereux !

Rendez-vous a été pris avec Pierre et mes copines dimanche prochain. Nous bruncherons tous chez Aldo.

Quelle idée à la con ! Je n'ai pas hâte d'y être.

Quand on est con, on est con !

— Ta gueule, Georges !

La QVT, des godes et de la weed

Chez mon client clermontois, il y a une coach Qualité de Vie au travail...

Mais faut dire « QVT » sinon ça hype pas autant !

Cette dame vient voir les salariés deux jours par semaine.

Ça fait suite à des événements survenus dans l'entreprise qui m'ont été racontés par Hassan, le directeur du projet sur lequel je travaille.

— Il y a trois ans, on a eu de très mauvais résultats à l'enquête *Great Place to Work*. Ça a mis les glandes à la direction qui a décidé d'arrêter de payer pour cette enquête. Ils étaient vexés.

— Pourquoi ?

— Parce qu'ils avaient installé de nouvelles machines à café et changé les tables des salles de pause. Ils pensaient que ça suffirait à rendre les gens heureux. Ils ont reproché aux salariés d'être ingrats et ont fustigé Google qui avait donné le mauvais exemple dans le monde.

— Comment ça ?

— Le comité de direction pensait qu'à cause d'entreprises comme Google ou Apple, les salariés du monde entier réclamaient des cantines gratuites, des parcs, des vélos et des toboggans.

Tout le monde a vu Star Wars aussi, et personne n'a réclamé de sabres laser ! Ce serait pourtant trop cool !

— Bref, ils ont fait la gueule. Mais l'année suivante, un cadre s'est suicidé et a laissé une lettre qui dénonçait l'environnement de travail et la pression permanente. Du coup, ils se sont pris une enquête de la médecine du travail. Pire que tout, ils ont dû analyser, des heures durant, une avalanche d'idées ou de préconisations des représentants syndicaux. Ils ont cédé sur quelques trucs finalement...

— Genre, la piscine à boules ?

Hassan éclate de rire.

— Oui. Comme si on allait se défouler comme des gamins dans ce truc ! Ceci dit, ils ont aussi mis en place des espaces coworking cool, des salles de sieste ou de détente, une bibliothèque, une conciergerie et la coach.

Bien que les missions de la coach ne soient pas clairement définies, deux jours par semaine, elle propose des séances collectives de prise de parole, d'atelier de respiration ou de rigologie.

Piscine à boules et la thérapie du rire, ou comment s'enrichir sur le dos des travailleurs en burn-out par Jean-Michel Aboulamonnaie !

Le truc de la thérapie par le rire, la rigologie, ressemble au film *Vol au-dessus d'un nid de coucous*. C'est réellement perturbant à voir ou à entendre.

C'est l'heure des médicaments... l'heure des médicaments...

Moi, étant prestataire depuis moins de six mois, je n'ai pas le droit d'assister aux séances. Cependant, Fleur...

... c'est le nom de la coach. Fleur, sans déconner ! Mais bon, on l'a rebaptisée Miss Weed, parce qu'elle a toujours le smile et qu'elle parle lentement. Je me dis qu'elle doit bouffer un bonze tous les matins !

Donc, Miss Weed, quand elle n'est pas en séance de rigologie ou autre, elle parcourt les bureaux pour te donner des conseils. Et ça, c'est pour tout le monde, les internes comme les prestataires.

Wouahou ! Trop génial, j'ai envie de faire la danse de la joie toute nue et de me rouler dans l'herbe ! Et après, j'irai coiffer des poneys !

Bref, la coach s'occupe de tout le monde.

Par exemple, hier, j'étais sur la fin d'une présentation PowerPoint. J'étais un peu speed parce que la réunion devait démarrer 20 minutes plus tard et je n'avais pas encore rédigé mes conclusions. L'autre décontractée du bulbe rapplique, tout sourire, et me tapote l'épaule.

— Je suis Fleur, la coach QVT. J'ai remarqué que votre posture n'était pas la bonne. Si vous prenez de mauvaises habitudes, vous allez souffrir de TMS.

Quoi ? Personne ne lui a expliqué comment on faisait les bébés ? C'est pas avec un siège de bureau, hein !

— Je vais attraper quoi ?

— Des TMS, ça signifie des troubles musculo-squelettiques, rigole-t-elle comme une fée clochette sous ecstasy. Je vais vous aider…

À quoi ? À finir ma prez ??? Mais qu'est-ce qu'elle m'emmerde, la nazie du bien-être !

— Non, ça va aller, merci, mais... je...

— Pivotez, encore, comme ça, voilà. Maintenant, décroisez vos jambes. Super. Bien, posez vos bras, relevez le nez. Respirez profondément...

Sincèrement, si tu l'assommes, je suis certaine que la légitime défense sera retenue !

Elle me plaque la main sur le bide.

— Respirez, poussez ma main avec votre sternum ! me dit-elle, son visage à quelques centimètres du mien.

— SMACK !

Le bisou a claqué dans tout l'open-space et Miss Weed a reculé d'un coup.

Ah ah ah ! Mort de rire ! Lola, tu l'as embrassée ! T'es trop une dingue ! J'te kiffe !

— Pourquoi vous avez fait ça ?

— C'est plus choquant que de venir me peloter sans me demander mon avis ? Sérieux ?

— Mais je faisais ça pour vous aider ! dit-elle, plus du tout souriante.

— Ce qui m'aiderait, là, tout de suite, c'est de me laisser travailler, plutôt que de venir me tripoter en me parlant de sternum, de MST ou je ne sais quoi !

— TMS ! Vous êtes… vous êtes…

Houla ! Toute la colère contenue dans la fée clochette est en passe de sortir… 3, 2, 1…

— … une véritable conne ! Une pétasse de goudou de merde qui se croit plus intelligente parce qu'elle vient de Paris ! Mais moi, j'les emmerde, les lesbiennes parisiennes qui prennent la province de haut. En province, on ne s'encule pas avec des godes de 30 centimètres et ça nous va très bien !

— …

Elle a hurlé, sidérant tous les témoins de la scène. Même *Lola la maléfique* est en PLS dans ma tête.

Quand je suis partie à ma réunion, Fleur était encore en grande conversation dans le bureau de la DRH.

C'était quelques minutes après m'être entretenue avec cette dernière. Elle m'a subtilement demandé si j'étais réellement homosexuelle. J'ai bafouillé et baissé le nez.

— J'aimerais éviter que ça s'ébruite. C'est un aspect privé et je ne voudrais pas me sentir davantage stigmatisée à cause de ça... ai-je répondu tout doucement, comme une bonne victime.

— Je comprends. N'ayez crainte, Lola, et recevez mes excuses de la part de toute la direction pour ce malheureux incident.

Linda Lannister nous aura finalement appris quelques trucs... Attends que je revienne, Cersei, l'élève va dépasser le maître.

Dans le train qui me ramène chez moi, je souris en repensant à Miss Weed croisée sur le parking, qui essayait de faire rentrer tous ses coussins de yoga dans son gros Qashqai.

Comme quoi, la QVT, ça rapporte décidément plus à ceux qui la vendent qu'à ceux qui y croient !

Ça me fait plaisir d'avoir contribué à la chute de Fleur, coach bien-être, professeure de rigologie et homophobe notoire... Je ferme les yeux, bercée par Lily Allen.

Fuck you, very-very much !

— Ta gueule, Fleur !

Aldo pose les œufs brouillés devant nous ainsi que la théière, qui exhale la vanille bourbon de chez Mariage.

Nous sommes tous un peu affamés. Du coup, la rafale de questions n'a pas encore eu lieu. Pierre ignore donc toujours à qui il a affaire.

On dirait un souriceau entré par erreur dans une réunion de chats de gouttière !

Sab jette des regards qui jaugent la marchandise. Elle évalue sa masse graisseuse, sa tonicité musculaire et cherche discrètement à vérifier si le contenu de son caleçon correspond à ce que j'ai pu lui en dire.

Quant à Manu, elle scrute les gestes de Pierre, sa manière de se comporter avec moi et ça, depuis que nous sommes apparus à l'entrée du café. M'a-t-il tenu la porte ? Est-il passé avant ou après moi ? Comment s'est-il présenté ? Et, depuis, quels sont les gestes et les mots qu'il me destine ?

Mon stress, qui commençait à retomber, grimpe d'un coup quand j'aperçois Linda, qui m'adresse un salut de la main. Elle est installée au fond de la salle, en face d'un magnifique black sculpté comme un dieu grec. Serait-ce son mec ? Mais il a au moins dix ans de moins qu'elle !

Je l'ignore, alors qu'elle observe notre tablée avec insistance.

Putain ! Si c'est pas un karma de merde ! Cette journée pourrait virer au naufrage !

— Alors, Pierre, Lola nous a dit que tu bossais dans une galerie. Tu y fais quoi ? attaque enfin Manu.

— Je la gère, pour dire les choses simplement.

— Et ça consiste en quoi ? insiste-t-elle.

— Je contacte des artistes pour organiser des ventes. Je référence les œuvres, mets en place des vernissages, découvre de nouveaux talents et participe à des événements culturels.

— Genre, tu as déjà exposé Bansky ? se risque Sab, que je soupçonne d'avoir révisé avant.

— Hélas, non. Mais je prépare justement une exposition pendant la FIAC avec des artistes de quartiers défavorisés qui utilisent leur environnement urbain pour créer des œuvres éphémères. Si tu aimes Bansky, tu apprécieras, j'en suis sûr.

— Tooop ! répond-elle, visiblement embarrassée de ne pouvoir surenchérir.

Elle doit discrètement tapoter sur son smartphone sous la table pour rechercher ce qu'est la FIAC... Si elle se plante, va-t-elle oser demander le rapport entre Bansky et une voiture ?

— C'est un job qui t'oblige à voyager ? continue l'imperturbable Manu.

— Pas trop, non. Je voyage surtout avec mon association humanitaire.

— Ah oui, c'est vrai, tu es aussi bénévole...

Manu se dresse, tel un cobra prêt à mordre. Je sens que quelque chose l'agace, mais je n'arrive pas à savoir ce que c'est.

— Oui. Depuis presque cinq ans. Ma prochaine mission doit avoir lieu au printemps. J'espère embarquer Lola dans cette aventure ! dit-il en passant sa main sur ma joue.

Je suis surprise, car nous n'avons jamais

évoqué le sujet. Mon sursaut n'a pas échappé à Manu.

— Et si l'humanitaire ne l'intéresse pas, ça ne te posera pas de problème ? siffle-t-elle, satisfaite d'avoir enfin trouvé une faille.

— Oh ? C'est vrai, ma puce ? Tu n'aimes pas l'humanitaire ?

Manu me sourit de tous ses crocs acérés.

— Je n'ai rien contre. Je ne sais pas si j'aurais assez de congés pour ça, en plus de mes vacances normales.

— C'est quoi, *des vacances normales* ? me demande-t-il, sa main glissant sur ma cuisse.

— Je ne sais pas trop… Chez mes parents, ou encore en club, avec mes copines.

— Elles sont déjà programmées, j'imagine ? insiste-t-il, sans cesser de me caresser.

— Non, pas encore. Mais c'est… heu… ma manière de profiter de mes vacances en général.

— Je comprends, conclut-il en m'embrassant dans le cou.

— Bien sûr ! ajoute Manu, tout sourire.

Bon ! Elle a sa tête de la meuf qui vient de choper le totem d'immunité à Koh Lanta... Pierre a merdé !

Sab nous ressert du thé pour masquer la jubilation de Manu lorsque Linda apparaît dans mon champ de vision.

— Lola ? Mais quelle bonne surprise ! Tu viens souvent ici ?

Je reste quelques secondes figée, incapable de réagir.

Comment cette crazy bitch a osé se taper l'incruste avec tes potes, et ton mec ? Ton mec qui n'est pas Gaël... Oh ! La salooooope ! Elle doit savoir pour toi et Gaël... Je sais pas comment, mais elle doit savoir !

— Hein ? Qu'est-ce que tu veux ?

— Voyons, nous sommes collègues, et presque des amies... Comme avec Gaël. D'ailleurs, il n'est pas là ? demande-t-elle, la mine réjouie.

— Qui est Gaël ? interroge alors Pierre.

— Personne !

Mon ton a été tranchant comme le sabre

d'un samouraï. Dans l'élan, je décide d'en finir et me tourne vers la Lannister.

Vas-y, Lola. Fais-lui remonter ses vapeurs de ménopause à cette vieille pétasse !

— Linda, parlons franchement : nous ne sommes pas amies. Tu m'as fait un vrai coup de pute au taf et tu as remporté la première manche, mais pas la guerre ! Je n'ai rien à te dire, et surtout aucune envie de sympathiser avec toi. Alors décarre de ma table rapidos avant que je ne t'enfonce la théière dans ton tréfond de fourbasse !

Sab ne peut retenir quelques timides applaudissements tandis que Manu me tend ladite théière, sans lâcher Linda du regard. Cette dernière paraît déstabilisée, mais semble vouloir réaffirmer qu'elle ne se rendra pas sans combattre.

— Oh ! Nous partageons déjà des secrets, c'est le début d'une longue amitié... Bon retour à Clermont-Ferrand !

Elle est restée calme et s'est même fendue d'un clin d'œil vers Manu avant de retourner à sa table.

Elle est très forte ! C'est une vraie méchante,

comme dans les films de James Bond! Bon, même si Gaël, en espion discret et intuitif, c'est pas gagné!

Je refrène mon envie de lui hurler d'autres noms d'oiseau car je remarque Pierre qui me regarde comme si je venais de chier sur la table.

— Pourquoi as-tu agressé cette fille ? finit-il par articuler.

Bon, il commence sérieusement à me gonfler, le Kouchner de pacotilles !

— Parce que c'est une vraie pétasse ! répond Sab.

— C'est à cause d'elle que Lola a été envoyée à Clermont-Ferrand, complète Manu.

— Ah oui ? Elle a pourtant l'air gentille. Et qui est ce Gaël dont elle parlait ? insiste-t-il pendant que sa main reprend ses va-et-vient sur ma cuisse.

— Un collègue.

— Pourquoi était-elle étonnée qu'il ne soit pas là ?

Ça y est ! Il me saoule avec ses caresses sur la cuisse qui accompagnent chaque question. J'ai la cellulite qui fume à force !

— Elle devait s'imaginer que nous étions en couple parce que nous avons couché ensemble il y a quelques mois et que ça s'est su au boulot. Linda cherchait à foutre la merde parce que c'est une connasse jalouse qui me déteste. Maintenant, ai-je satisfait ta curiosité ? Ai-je rassuré le mâle dominant que tu tentes vainement de cacher sous tes caresses insupportables ?

Ouch ! C'était trop… beaucoup trop. Je ne sais pas si c'est l'attaque sur son côté alpha ou l'aveu qu'il y a eu un autre mec, mais il accuse mal le coup. Il faut que j'apprenne à me contrôler.

— Je ne pense pas mériter une telle agressivité ! dit-il en tentant de contenir une colère que je peux sentir.

— Vraiment ? Alors, tu ne connais rien aux femmes ! ajoute Manu, décidément sans pitié.

Merde ! Manu va l'achever ! Rien de ce que je pourrais dire ne le sauvera désormais… J'ai l'impression d'entendre l'orchestre du Titanic jouer derrière moi !

— Tu n'as pas compris que cette nana est venue parce qu'elle a vu ton attitude ; ainsi que tout le café, soit dit en passant !

— Quelle attitude ?

— Ton bras autour des épaules de Lola. Tes mains qui ne la lâchent pas dès qu'elle parle ou dès que tu lui poses une question. Tout ton corps hurle qu'elle t'appartient, tous tes gestes revendiquent cette pseudo-propriété. Si tu avais été un chien, tu aurais pissé aux quatre coins du café pour marquer ton territoire !

— Mais pas du tout ! se défend-il en retirant sa main de moi.

— Non, parce que tu ne t'en rends même pas compte. C'est inconscient, mais ça n'en est pas moins oppressant pour Lola.

— Super ! Fallait me dire que l'on venait voir un conseiller conjugal ! Oh ! Lola ? Tu ne dis rien ? Ça te va, ce qu'il se passe, là ?

Voilà ! Ton mec et l'une de tes meilleures amies s'écharpent pour essayer de déterminer lequel des deux t'aime le plus.

Iceberg, droit devant !

Et tout ça, grâce à cette salope de Lannister

qui ne lâche pas ta table des yeux.

— Vous me faites chier, tous les deux ! finis-je par dire dans un soupir.

— Mais pas moi ?

— Non, Sab. Toi, tu es parfaite !

Sab est satisfaite un court instant avant de comprendre que ma coupe est pleine. Je me lève, l'embrasse sur la joue et pose vingt euros sur la table avant de sortir sans un mot pour Manu ou Pierre.

Je m'engouffre dans le métro et envoie un texto à Gaël. Je lui demande si je peux passer chez lui.

« Yep ! Je rentre du rugby. Je saute dans la douche et je t'attends ! »

C'est ce qu'il me faut là tout de suite : un gentil garçon qui me fera l'amour sans poser de questions, ou sans revendiquer de territoire ! J'en ai assez des affrontements !

Disons que tu viens de lâcher Jack au milieu de l'océan glacial, sans gilet et sans regrets. Et là, ton premier réflexe, c'est de foncer voir Gaël...

Oui, j'ai aussi très envie de régler une

question avec lui : savoir à qui il a parlé de nous au taf. Parce que maintenant, je sais que cette garce de Lannister est au courant.

Once more you open the door, And you're here in my heart, And my heart will go on and on !

— Ta gueule, Céline !

VDM, prout et maturité programmée

J'ai coupé mon portable et je passe une fin de journée agréable avec Gaël. Je lui raconte que, plus tôt, je suis allée bruncher avec des amis et que nous sommes tombés sur Linda.

— Peux-tu m'expliquer pourquoi elle n'a pas arrêté de sous-entendre que nous étions ensemble ?

— Comment ça ?

— Linda sait pour nous deux. Tu lui as dit ?

— Ah merde ! Non, c'est à cause de Greg !

— Greg ? Pornstache ?

— Ouais ! Je ne savais pas qu'ils étaient potes… désolé.

— Pourquoi tu l'as dit à Pornstache ?

— Il était venu se confier, à propos de lui et de Sophie. Qu'il était amoureux de cette nana alors qu'au départ, c'était que pour le cul. Tu sais, Sophie n'est pas revenue à l'agence. Elle est chez un client à La Défense. Du coup, ils ont continué à se voir et maintenant, il est amoureux.

— Donc, tu lui as parlé de nous sans me demander avant ?

— Rhooo ! C'est bon, Lola. C'est pas la mort non plus !

— Non ! Toi, tu t'en fous ! T'es ici, à Paris, tout le temps ! Moi, à cause de cette salope de Linda, je suis à 500 bornes de ma vie quatre jours par semaine. Et tu viens de livrer un dossier à ma pire ennemie, un truc qui donne un motif légitime à la direction pour que je ne revienne jamais à l'agence ! Tu y as pensé à ça ?

Visiblement, non. Il n'y avait pas réfléchi.

Pour sa défense, un mec ne peut même pas imaginer à quel point les gonzesses sont des harpies entre elles !

Je me rhabille, très contrariée. Gaël se glisse au bord du lit et me saisit par la taille.

— Allons, Lola. Je suis désolé. Reste avec moi ce soir. En plus, demain, tu passes la journée à l'agence. On pourrait y aller ensemble le matin, puisque maintenant c'est officiel pour nous deux ?

Ce type est véritablement un génie. Toujours la bonne idée au bon moment !

— Non mais tu déconnes ! Rien n'est officiel parce que tu vas dire à Pornstache que l'on a rompu.

— Pourquoi ?

— Pour que j'aie une chance, un jour, de revenir sur Paris sans être obligée de démissionner. Sur ce, je me casse ! Bonne nuit !

Je le laisse comme ça. À poil sur son lit, le sourcil levé du gars qui n'a pas compris ce qui vient de se passer.

Arrivée chez moi, je vois un petit bouquet sur le paillasson, accompagné d'une lettre.

Ça vient de Pierre, il a signé l'enveloppe.

Lave-toi les mains, il a peut-être pissé dessus aussi !

C'est ce que penserait Manu !

Là, j'en ai un peu marre des mecs, des potes, des boss, de tout. J'ai presque hâte de retourner à Clermont-Ferrand. Je jette les fleurs et la lettre dans un coin et entame le processus de boudage en réponse à ma VDM.

Un dimanche soir bien pourri qui pue le prout !

Le lendemain, après la réunion TK, je découvre un mail surprenant. Un cabinet de recrutement me contacte pour me proposer de me mettre en relation avec le big boss d'une start-up renommée. Ce dernier les aurait mandatés pour organiser une rencontre car il aurait une offre à me faire.

Je relis, vérifie l'adresse de l'expéditeur et je finis par lui répondre que si ce n'est pas une blague, c'est bien maladroit de m'adresser ce genre de requête sur mon adresse professionnelle.

C'est peut-être un piège... Un truc fomenté par la Lannister pour prouver que tu n'es pas fidèle à la boîte ! Ah, la pute !

Cependant, à peine vingt minutes après ma réponse, le chasseur de têtes m'écrit à nouveau.

« Madame,

J'ai conscience de l'inconfort et du risque que cela peut représenter pour vous. Néanmoins, je vous envoie le numéro direct de mon client ainsi que son portable. Il sera plus simple pour vous de vérifier qu'il ne s'agit pas d'une blague. Ce mode de communication sera par ailleurs plus discret pour vos contacts futurs.

La balle est dans votre camp. Si vous ne le rappelez pas, soyez assurée que je ne tenterai plus de vous joindre.

Bien à vous. »

Je lance une vérification sur Google et je trouve quelques informations sur la boîte en question et sur son boss. Un Franco-américain qui a fait Harvard, donne des conférences sur invitation des GAFA. Patron de plusieurs entreprises dont une aux USA, cotée en bourse.

Putain, Lola ! Ce gars est une star dans la Silicon Valley et il te veut toi ? C'est trop beau pour être vrai !

Je n'arrive pas à me sortir de la tête que c'est un piège. Je suis un peu cramée ici et ils cherchent peut-être un moyen de me lourder définitivement.

Mon portable sonne et me fait sursauter.

Mode parano activé !

C'est Pierre. Je coupe sans répondre. Ce n'est franchement pas le moment de m'emmerder ! Je dois décider de ce que je vais faire avec ce Mike Jones...

... May be ton futur boss, Lola. Tu imagines : plus de Linda, plus de Pornstache, plus de Clermont-Ferrand ! Hello, my name is Jones, Mike Jones... Putain, ça claque dix fois plus que mon nom est Alain Belon ou Tony Sparque !

Si j'appelle et que c'est un piège, je me fais virer et...

Retour au chômage, pas top. D'un autre côté, plus de Clermont-Ferrand, trop cool ! Et si tu restes avec Gaël, ça règle le problème du mélange sexe et taf ! Mais, si c'est Pierre que tu gardes, tu auras tout le temps de faire son voyage avec la Kouchner's band !

Si je n'appelle pas, je rate peut-être une occasion de ouf d'intégrer une super boîte, voire de bosser aux States !

Grave. Un peu comme si Jennifer Lawrence avait dit non à Hunger Games, ou Sophie Turner à GOT ! Le délire !

Je peux réfléchir un peu aussi, je ne suis pas obligée de me speeder !

Sauf que le Mike a des sociétés aux USA. Peut-

être qu'il n'est là que pour quelques jours et que si tu loupes le coche, c'est mort.

Oui, mais si c'est un putain de piège ?

Dépitée par mon dilemme intérieur, je soupire longuement, produisant un son de prout avec la bouche, quand une voix me sort de mes pensées.

— Lola ? Tu n'as pas entendu ?

Je me retourne et je vois Alain qui se tient derrière moi, l'air ahuri. Je comprends qu'il n'ose pas me demander pourquoi j'ai prouté quand il me parlait.

Je crois vraiment que ce gars a peur de toi !

— Quoi ? Heu… non, tu m'as parlé ?

— Oui, je t'ai demandé si tu avais signé ton entretien annuel avec les objectifs vus ensemble.

— Ah oui, c'est vrai, les objectifs. Je peux te les citer de mémoire : en un, être plus corporate…

Ça, c'est une surprise ! Alain, ce serait le seul agneau du troupeau qui remercierait le loup de les bouffer !

— En deux, finir trois projets dans les contraintes fixées…

Donc sans faire pleurer ni virer et, évidemment, sans sucer ses collègues ! Une vraie marge de progression !

— En trois, proposer au moins deux adaptations des processus existants…

En évitant tous ceux qui conduiraient à devoir travailler avec Linda… pas facile !

— Great ! Tu les as appris par cœur ! répond-il, tout content.

— Je le signe et te l'envoie direct, dis-je, désabusée qu'il n'ait pas saisi à quel point je trouvais ses objectifs pourris.

Alors Lola ? Tu préfères la team « Les experts » ou la team « Pinot, simple flic » ?

Je me remets en selle. J'ai une série de décisions à prendre et il faut que je sois plus organisée. Je note ce qui me passe par la tête :

- Rappeler l'américain/ Avantages/ Inconvénients/ Risques/ Décision
- Sinon, chercher un autre taf/ Avantages/ Inconvénients/ Risques/ Décision
- Choisir Gaël/etc.

- Choisir Pierre/etc.
- Passer Noël en famille pour profiter de mon frère et de sa petite famille qui seront pour quelques semaines en France/emmener Gaël ? Emmener Pierre ?
- Appeler Manu pour pas rester sur ce brunch pourri
- Réserver une semaine au ski (passage direct à décision)
- Trouver qui était le magnifique black qui brunchait avec la Lannister
- Trouver quoi faire ensuite de cette info (dépendra de la nature de l'info)
- Rappeler ma banquière pour parler investissement immobilier (sauf si je me fais virer !)
- Passer une après-midi avec Sab et sa fille
- Arrêter de prendre des décisions sans réfléchir
- Déjeuner avec Jeff, ses Haïku me manquent, je veux faire le plein
- Travailler sur ma colère
- Refaire mon stock de strings
- Aller voir une comédie musicale, une pièce de théâtre et un opéra
- Ne pas commencer d'autre liste avant d'avoir terminé celle-ci

Je sauvegarde dans mon smartphone. J'ai l'impression de reprendre ma vie en main.

Ouais, enfin, on est quand même loin d'un manifeste militant... C'est plus proche du journal intime d'une adolescente que d'une démarche responsable !

J'ajoute une ligne : trouver un système pour que *Lola la maléfique* soit plus gentille avec moi.

C'est ça, ajoute aussi perdre 8 kilos, arrêter de sentir tes pets et surtout, grandir un peu ! Putain, surtout ça ouais ! Arrête de te comporter comme une sale gosse de 17 ans !

Bon, disons simplement que je gagne peu à peu en maturité... Et promis, un jour, je serai sage !

Paroles, paroles, paroles.

— Ta gueule, Dalida !

Le retour du brunch, Vin Diesel et Dr Jones

Ce nouveau brunch de présentation ne se déroulera pas chez Aldo. Je ne voulais pas risquer de tomber sur Linda ou même de croiser Pierre ou qui que ce soit de tout à fait inopportun !

J'ai secrètement opté pour une autre stratégie : arriver seule et en retard. Comme ça, je laisse les filles faire connaissance avec Gaël sans que je sois présente, ce qui évitera à Manu de tout de suite chercher la petite bête.

Si bien que quand j'arrive dans le café branchouille sélectionné par Sab, je suis très surprise de voir que les filles sont attablées à trois mètres de Gaël, resté seul. Tous trois me sourient en me voyant et ne comprennent pas pourquoi je m'arrête en plein milieu.

— Qu'est-ce que vous foutez ? leur demandé-je.

— Comment ça ? me répondent Manu et Gaël à l'unisson.

— Pourquoi vous n'êtes pas ensemble ?

J'avais réservé une table à mon nom, exprès !

— Ahhhh ! C'est ma faute, dit Gaël. Quand je suis arrivé, la serveuse m'a effectivement indiqué la table, mais comme elle était occupée par deux nanas et qu'il y en avait plein d'autres libres, j'ai pas fait de scandale.

— Et tu ne t'es pas dit que ces nanas, c'était mes copines que tu devais justement rencontrer ?

— Heu... non. Mais maintenant que tu le dis, c'est un peu stupide en effet !

Manu sourit à pleines dents et l'invite à s'asseoir avec nous.

Il y a peu de chance qu'elle le trouve manipulateur celui-là...

Sab roucoule littéralement à chaque phrase de Gaël et je suis persuadée qu'elle se demande s'il a un frère, plus âgé, bien entendu.

Car Sab recherche un homme d'au moins 45 ans, pour, selon elle, s'éviter les gars immatures qui ne recherchent qu'une pondeuse pour assurer leur descendance. Elle a aussi lu, sur le blog d'une influenceuse, que les mecs de plus de 45 ans qui se mettent en couple avec une femme beaucoup plus jeune n'ont pas de crise de la cinquantaine. Une belle de théorie digne des plus grands penseurs de notre époque : Moundir, Vin Diesel ou encore Jul !

Nan, Lola ! Tu peux pas mettre Jul et Vin au même niveau ! Ne serait-ce que parce qu'il y en a un des deux qui sait écrire son prénom sans se tromper et que l'autre, il est Français !

Bref, le brunch se passe bien. Manu est détendue et pose peu de questions à Gaël qui lui, est très à l'aise. Il blague et raconte sa version, très romancée, de mon incident de tyrolienne.

Elle est journalistique, précise, factuelle, pas du tout romancée !

Les filles sont hilares et je pressens que cette version restera davantage dans les mémoires que la mienne. Parce que ma version ne faisait pas état des larmes, des gros mots et du pet de relâchement quand les pompiers m'ont injecté le décontractant.

Ta version était un poil plus digne ! Juste un poil...

Alors que nous rigolons de bon cœur, je réalise à quel point tout est plus simple avec Gaël.

— Et surtout plus sain que l'autre marionnettiste, là ! me dit Manu, quelques heures après au téléphone.

— Oui, je vais finir par penser que tu as raison !

— Ah ah ! Évidemment que j'ai raison ! Bon, Gaël est charmant, joli garçon, et il me paraît très attaché à toi.

— Il est parfois un peu stupide !

— Non, c'est juste un mec qui ne se complique pas la vie, c'est un esthète !

— Il y a quelques semaines tu l'aurais jugé bête à bouffer du foin, et maintenant, c'est un esthète ! Ah oui, tu es sous le charme !

— Après Pierre le fourbe ? Même Jean-Michel Maire aurait été super !

— Carrément, un VBBPTM ? dis-je, pliée de rire.

Comprendre un Vieux Beau Beauf Papier Tue Mouche, parce qu'en général ce genre de gars, si t'as le malheur de t'en approcher, il te colle et tu peux plus t'en débarrasser !

Manu embraye aussitôt sur mon rendez-vous du lendemain.

— Tu as posé ta journée, alors ?

— Oui, je dois aller au Factory, à Bercy village, en fin de matinée.

— Directement avec le boss, Mister Jones ? Comme Indiana ?

— Yes ! Je n'ai aucune idée de ce qu'il va me proposer.

— Tu l'as dit à Gaël ?

— Non, il risque trop de gaffer au taf. Je n'en parlerai que si ça débouche sur quelque chose...

— Et si le job est aux States, tu fais quoi ?

— Putain, j'en sais rien !

Nous raccrochons après lui avoir promis de tout lui raconter dès que possible.

Lorsque, le lendemain matin, je sors du métro, je suis plus stressée que je ne le présageais. J'ai enfilé un joli tailleur pantalon pour l'occasion et ma coach capillaire s'est chargée du brushing préparatoire à toute réussite professionnelle.

Je me présente à un accueil qui oscille entre une réception d'hôtel et un club privé. On m'indique la conférence room 129, côté jardin, sur *Stan Lee Street*.

Cet endroit est immense et met à disposition des espaces de travail ou de réunion pour les entreprises. C'est décoré élégamment et les allées portent des noms de créateurs dans la culture pop.

Une espèce de parc Disney pour faire du business ! Espérons que ça ne tourne pas en train fantôme ou en Space Montain !

Je m'avance prudemment, mais je réalise quand même des détours pour choper deux Pokémon légendaires.

Finalement, c'est vraiment un parc d'attractions !

Enfin arrivée, je pousse la porte et stoppe net alors qu'un homme vient à ma rencontre.

Je me fissure, littéralement. Je sens mes jambes se raidir, comme si elles essayaient de se planter dans le sol.

Lance une pokeball !

Je suffoque quelques secondes avant de sentir mon sang qui commence à bouillonner en moi. Une fureur grandit, comme une vague, prête à déferler de toute sa puissance.

Putain, Lola ! Tu t'es tellement fait niquer ! Cersei vient de t'expédier sur le mur avec la garde de nuit.

— Miss Pannetier ? me demande l'homme qui est, sans nul doute, Mike Jones.

Ou plutôt le chef des corbeaux !

Incapable de réagir, je ne lui rends pas la main tendue. J'ai cessé de bouger, et même de respirer. Paralysée, ni dans le couloir, ni dans la pièce, et totalement muette.

Bon, vois le côté positif : tu viens de rayer pas mal de lignes dans ta liste !

Il se tient devant moi, l'homme qui brunchait avec Linda chez Aldo il y a deux semaines. Le black magnifique sculpté comme un dieu grec, c'est Mister Jones.

Je suis un papillon dans la toile de la Lannister et c'est Jones qui sera le bourreau, docteur en crucifixion de consultantes.

Ça pas être bien ! Toi tricher, Dr Jones !

— Ta gueule, Demi-Lune !

Quel beau jeudi !

En pleine journée, alors que les amateurs installent leurs instruments un peu partout, je sors de l'agence, les bras chargés de mes affaires.

Un carton rempli de quelques souvenirs, la tête pleine de fous rires et finalement, si peu de regrets.

Même pas la tyrolienne ?

OK, quelques-uns...

Ce qui restera sera embelli par le temps et chaque mauvais souvenir deviendra une anecdote savoureuse, parce que la vie est ainsi faite.

Ce 21 juin demeurera sans précédent et gravé dans ma mémoire.

Arrivée dans ma rue, je décide de stopper chez Jeff. Je le trouve somnolent devant sa tisane ginseng et paprika. Il sursaute presque lorsque je dépose lourdement mon carton.

— Ma ptite Lola ! Déjà ?

— Oui. Le boss a finalement décidé de me lâcher plus tôt.

— L'aventure est officiellement terminée, alors ?

— Oui. Deux années, vite passées !

— Tu veux une tisane ?

— Non, j'ai trop bu de blanc ce midi. Je suis un peu pompette. Je venais vérifier si tu seras des nôtres ce soir ?

— Pas certain encore, je suis bien crevé en ce moment. Et ton mec sera là ?

— Non. Soirée entre copines ! Tu es le seul garçon autorisé, tu sais bien !

— Alors, passe me prendre ici à huit heures ! Tiens, ajoute-t-il en me glissant un papier dans la poche. Je l'ai fait spécialement pour toi, pour cette journée.

— Merci, Jeff.

Quand je pousse la porte de mon appartement, je suis estomaquée de le voir ainsi. Il est bien rangé, propre, et les premiers cartons de déménagement ne semblent pas tout à fait briser l'harmonie qui y règne.

Je jette carrément mon sac et m'affale sur mon canapé. Je fouille et déplie la dernière création de Jeff.

Vient le souffle

Sans ouvrir la bouche

Libère la vie, de tout

Trois semaines avant d'être dans mon nouveau chez-moi. Je redoute un peu ce changement radical qui m'a valu quelques moqueries de ma mère au sujet de la Parisienne qui vient se morfondre en province.

J'ai tenu bon, mais, en vérité, j'ai vraiment la trouille. Je me sens comme Katniss, lâchée dans une arène dont elle ne connaît rien. Pas de points de repère, pas de copines, pas de lieu de repli.

Je suis une aventurière qui ne sait pas tirer à l'arc !

Ouais, bon... Faut pas abuser non plus. Tu ne pars pas à l'autre bout du monde ! Tu seras à deux heures de Paris, dans un immense appartement !

Putain, le drama à deux balles !

N'empêche que je considère que je prends des risques avec cette histoire !

Non ! Tu n'avais pas le choix ; dois-je te rappeler le rendez-vous à l'origine de tout ça ?

Le brunch ?

Non.

L'autre brunch ?

T'as fini, oui ? Le putain de rendez-vous avec Mike Jones !

Bordel ! Mike Jones, le neveu de Linda Lannister. Quelle embuscade ! Comment imaginer que le frère de Linda ait pu engendrer ce dieu grec à la sauce American Dream ?

Un peu comme si Merkel avait mis Will Smith au monde ! Aussi improbable que prophétique !

J'ai bien cru mourir le jour où je l'ai rencontré. Ensuite, il y a eu tout le reste. Pierre, Gaël, Alain, Linda, Tony Sparque et me voici, chez moi, à trois semaines de changer radicalement de vie.

Sur ces pensées, je sombre dans un sommeil

qui se veut réparateur et préparatoire à cette soirée.

Mon téléphone me sort de ma sieste improvisée et c'est une Sab hurlante qui m'engueule.

— Oh ! Lola, tu comptes venir à quelle heure pour le brushing ?

— Pourquoi ?

— Mais il est 18 heures !

— Merde ! Je me suis endormie. Laisse tomber ! On se retrouve pour l'apéro chez Jeff !

— Ah mais ça sent le carnage capillaire, ma chérie !

— Je me ferai des tresses !

— Beurk ! ponctue Sab avant de raccrocher.

Pour Sab, il existe deux hérésies pour les coiffures de femme passé trente ans : les couettes et les tresses. Elle considère qu'une femme, disposant d'un minimum de considération pour son esthétique, doit bannir ces deux choses de ses habitudes une fois la barre de la trentaine franchie.

Deux heures plus tard, quand je déboule dans la boutique de Jeff, j'arbore fièrement deux tresses façon Pocahontas. Sab m'embrasse et me tire la langue en signe évident de protestation. Manu arrive juste après, au bras de Cécile, son amoureuse depuis quelques semaines.

— Alors ma poule, c'est fini ?

— Yes ! Une page se tourne !

— Ils ont été gentils avec toi ? s'inquiète Sab.

— Adorables. Même Merkel est venue me faire la bise et me dire des tas de choses gentilles.

— Linda était là ?

— Évidemment. Je me suis fait un honneur de l'inviter à mon pot de départ. Après tout, je le lui dois bien !

On rit de bon cœur et Manu me félicite.

— Lola, tu as bien grandi ces derniers temps. Je suis fière de toi !

— Tu n'y es pour rien, ne va pas prendre la grosse tête ! Bon, on y va ? J'ai réservé pour

21 h 30...

— Go, Pocahontas !

Ce soir, la vie est belle. Je suis avec mes amis, j'ai des projets qui, quoique flippants, sont autant de paris à réussir. Manu a raison, je grandis !

Un jour, tu verras, ton cœur chantera...

— Ta gueule, grand-mère feuillage !

Des gentlemen, un réverbère et Joe partout

Le camion tangue dangereusement sur ce qui reste du réverbère qu'il vient d'emboutir. Tous les passants observent ce spectacle étonnant d'un véhicule, prétendument conduit par des gentlemen qui transportent des meubles, en équilibre précaire sur un morceau d'éclairage public. Le chef d'équipe tente de guider son conducteur à grands coups de bras et de mots fleuris.

J'aperçois des policiers municipaux qui s'approchent ; ils ont dû être alertés par la régie du tramway, puisque la voie est totalement bloquée par un 18 tonnes dans lequel mes meubles, et ceux d'autres familles, sont chahutés par tant de cascades.

Le plus petit des agents nous salue. Dans la foulée, il demande, d'une voix forte qui se veut autoritaire, ce qu'il se passe.

— On a essayé d'utiliser le lampadaire comme catapulte pour projeter le camion jusqu'au 5e étage dans le seul but d'accélérer la livraison, mais, visiblement, c'est un échec !

Le policier municipal me toise depuis son mètre quarante. Même le chef des déménageurs s'est arrêté pour me regarder.

Faudra qu'on travaille encore le timing de tes vannes, hein !

— La demoiselle est une comique ! En attendant, le trafic est bloqué et je constate une destruction de mobilier urbain et d'éclairage public. Z'avez une autorisation pour manœuvrer dans cette voie piétonne ?

— Tout est dans le camion. Je vais vous le chercher.

À peine le gentleman a-t-il fini sa phrase qu'un grand craquement se fait entendre. Le véhicule s'affaisse d'un coup alors que le chauffeur paraît stupéfait.

Ce qui suit est classé dans le top 5 des situations improbables que j'ai pu vivre.

La remorque du camion, qui avait cru bon de grimper sur un réverbère, et avec élan s'il vous plaît, vient de décider de se délester d'une partie de son essieu.

À cet instant, je dois me rendre à l'évidence : mes meubles sont bloqués dans une remorque qui ne pourra repartir qu'à l'aide d'une grue.

Autre fait notable : trois déménageurs et deux agents municipaux semblent penser que tout ceci est de ma faute alors qu'une quarantaine de smartphones filment la scène sous les commentaires amusés des badauds.

Peut-être à cause de toute cette tension qui paraît vouloir m'étouffer, j'éclate de rire ; ce qui finit de sidérer mes accusateurs. Le petit flic passe sa langue sur ses dents, comme un acteur américain des années soixante, prêt à mettre un bourre-pif.

— Vous trouvez ça drôle, mademoiselle ? Votre cirque va bloquer le centre-ville pour plusieurs heures, et ça vous fait rire ?

— Disons que je ne vais pas pleurer. J'ai payé presque 2000 euros pour mon déménagement, et voici que mes meubles sont coincés dans une remorque empalée sur un réverbère. Alors, oui, je préfère en rire que de m'énerver.

— Vous avez une pièce d'identité, mademoiselle ?

— Pourquoi ? Quel est le rapport ?

— Vous refusez de vous soumettre à un contrôle, mademoiselle ?

Les smartphones ont lâché le camion et filment à présent le tête-à-tête tendu entre moi et Joe Pesci.

— Je n'en comprends pas la raison, mais je vais aller chercher mes papiers. Ils sont chez moi, réponds-je, agacée avant de partir à grandes enjambées.

— Je vous accompagne, dit-il en m'emboîtant le pas.

Le simple fait d'imaginer ce petit nerveux collé à moi dans mon minuscule ascenseur puis pénétrer mon nouvel appartement, dans ce qui est convenu de qualifier *un acte pur d'abus de pouvoir*, ça m'a rendue légèrement nerveuse. Je fais brusquement demi-tour. Trop brusquement, visiblement

Joe Pesci ne s'y attendait pas et ne parvient pas à m'éviter. Son pied gauche se prend dans le mien alors que mes appuis sont fermes. Un dernier regard affolé quand il bascule par-dessus ma cuisse et vient s'étaler, comme une merde, sur le trottoir.

Je ne sais que faire. Je suis toujours sans réaction quand je reçois un violent coup dans le dos et me retrouve sur le sol, un genou entre les omoplates pendant que, ce que j'imagine être le collègue de Joe Pesci, me hurle de ne pas bouger.

Il demande du renfort et signale une agression sur agent. Je distingue quelques bribes de la foule curieuse qui commence à crier aux violences policières.

Du coin de l'œil, j'aperçois le chef d'équipe des gentlemen qui parle au téléphone en faisant de grands gestes.

Moi, j'aimerais choper le connard de papillon avec son battement d'ailes à la con, qui est à l'origine de tout ça !

Ce qui a suivi est assez flou. Tout ce que je sais, c'est que, depuis ma petite cellule de garde à vue, je continue de me demander comment je vais bien pouvoir récupérer mes meubles.

Quitte à nous prendre un Joe, j'aurais préféré que ce soit un beau garçon de café, un black prénommé Brad en vrai !

C'est toujours mieux que de se payer un Uber Joe !

Joe le taxi, y va pas partout, y marche pas au soda.

— Ta gueule, Vanessa !

Judge Dredd, Pulp Fiction et Forrest Gump

Je suis installée sur ce banc en bois depuis au moins trois heures. Mon petit dossier sur les genoux, j'attends mon tour. Les affaires défilent et je prends la mesure de ce qu'est le quotidien d'un tribunal correctionnel.

Une espèce de cour des miracles du 21e siècle où se confondent l'ouvrier, le patron et l'artiste. Ils ont les mêmes mines contrites, les mêmes arguments, les mêmes angoisses.

Faut pas abuser, t'es pas une bohémienne menacée de mort non plus !

Tout ce petit monde vient s'expliquer sur des délits mineurs : une bagarre sur le parking d'un supermarché, un vol, de la consommation de stupéfiants. Il y a également les meilleurs clients des avocats en correctionnelle : les excités de la pédale. Tous ces atrophiés du bulbe qui pensent conduire mieux que les autres ou qui s'imaginent qu'avoir les moyens de se payer une caisse à plus de 30 000 euros te met à l'abri de l'accident.

Certains sont assistés d'un avocat, mais,

finalement, ce dernier parle peu. Le juge préfère s'adresser à la personne directement et le plus souvent, ça tourne à la leçon de morale.

Quand enfin, le numéro de mon affaire est appelé, je suis pressée d'en finir.

Je m'approche, seule, car j'ai pensé que venir avec un avocat risquait d'agacer le juge ; choix que je regrette à cet instant !

Le juge m'accueille d'un regard distrait par-dessus ses lunettes. L'huissier énumère les références et faits du dossier. Et là, j'en suis certaine, le sourcil droit du juge s'est levé.

Il pose le dossier.

— Oui, oui ! Je me souviens de cette affaire. Les médias locaux ont fait tourner la vidéo. Je vois dans le dossier que, finalement, l'agent municipal a retiré sa plainte ? dit-il en me regardant.

Je ne sais pas si c'est une question. Je ne sais pas si je dois répondre. Je décide de ne rien dire.

— Madame... heu... Pannetier, vérifie-t-il. Est-ce le cas ?

— Si c'est dans le dossier, j'imagine que oui.

*Putain, Lola ! Ne va pas nous énerver le juge !
Regarde, son sourcil s'agite, c'est pas bon !*

— Bien bien… Madame… heu… Pannetier, savez-vous pourquoi vous comparaissez aujourd'hui ?

— Pour rébellion, je crois. Enfin, c'est ce qui est écrit sur la convocation.

— Non, le délit a été requalifié en refus d'obtempérer. Vous risquez jusqu'à 12 mois de prison ferme et 7500 € d'amende.

— Ah ! Quand même !

— Qu'est-ce qui vous choque ? La destruction du mobilier urbain, le blocage du trafic du tramway ou le fait qu'un agent se blesse durant son travail ?

Putain de Judge Dredd de merde !

— Je ne suis pas responsable des destructions ni des désagréments relatifs au trafic du tramway. Il me semble que la commune a déjà un recours contre l'entreprise de déménagement sur ces points. Je me permets d'ajouter que je ne suis pas familière des tribunaux, mais que je m'attendais à un peu plus d'honnêteté dans la présentation des faits !

Merde ! Bon, comme tu as adoré la série Orange is the new black, tu vas pouvoir vérifier si c'est aussi cool en vrai. Parce que là, vu la gueule du juge et de l'ensemble du perchoir, tu vas l'avoir ta condamnation !

— Après l'outrage à agent, vous désirez ajouter l'outrage à magistrat ?

— Non, comme je vous l'ai dit, je ne suis pas familière des tribunaux. Je suis choquée que vous me demandiez de me positionner sur des faits qui ne sont pas de ma responsabilité, c'est ce que j'ai voulu dire. J'ai été maladroite.

— Madame... heu...

Pannetier bordel de merde de vérole de moine !

— ...Pannetier, je n'ai que quelques minutes pour estimer votre responsabilité dans les événements rapportés et vous disposez d'encore moins de temps pour me convaincre que celle-ci est limitée. Ne gâchez pas notre temps en minauderies inutiles !

Pour la première fois de ma vie, j'ai envie de buter quelqu'un : un enfoiré de juge de province !

Je baisse les yeux, en signe évident de

contrition, mais c'est surtout pour éviter que mon corps ne trahisse la réalité de mes sentiments.

Lorsque, cinq semaines plus tard, je me présente au centre municipal avec ma convocation pour effectuer les 120 heures de travaux d'intérêt général auxquelles j'ai été condamnée, je mesure toute la stupidité de mon attitude au tribunal.

J'aurais dû prendre un avocat et, surtout, surtout, j'aurais dû fermer ma gueule.

Sinon, mieux jouer la contrition... Là, c'était du niveau de Cotillard qui décède dans Batman !

La secrétaire du centre municipal me toise, apparemment très amusée.

— Madame Pannetier, on vous attendait. Hé ! Sergio, il y a ta stagiaire qui est arrivée ! hurle-t-elle dans le couloir.

Stagiaire ???

Moins d'une minute plus tard, j'entends s'approcher un pas lourd dont le rythme est ponctué par le bruit d'une mastication forcée. Je lève le nez et le reconnais instantanément : Joe

Pesci, le flic municipal à l'origine de tous mes malheurs ! Il soigne son entrée et prend la pose, fier comme Artaban, un énorme chewing-gum rose entre les dents.

— Miss Lola Pannetier ! En voilà une surprise !

Il se plante devant moi, en conquérant. Il en rêvait, un petit juge de province l'a fait.

Lola, tu vas être sa chose pendant 120 de putain d'heures ! Façon Pulp Fiction, sans le cuir... enfin, j'espère !

— En selle, on a que 120 heures pour vous apprendre le respect !

Et, d'un vulgaire et horripilant claquement de doigts, il me fait signe de le suivre.

Ensuite, j'ai passé plusieurs heures à faire des photocopies, à servir le café et à supporter l'humour douteux et la mauvaise haleine de Sergio.

Quant à ses collègues, j'ai eu l'impression qu'ils gardaient une distance de sécurité. J'étais le trophée de Sergio, les autres se contentaient de me mater discrètement ou de faire quelques remarques scabreuses.

Mon statut oscillant entre le stagiaire de troisième et la délinquante, j'ai choisi de ne pas répondre. J'ai supporté, tête basse et bouche fermée. Qui sait ce que les flicaillons et juges de province pouvaient encore imaginer pour me pourrir la vie ?

La vie, c'est comme une boîte de chocolat, on ne sait jamais sur quoi on va tomber...

— Ta gueule, Forrest !

Mon père a presque défoncé la porte.

— Lola, on est vraiment à la bourre, là ! Faut y aller !

— C'est bon, je suis prête, pas de panique. Manu, aide-moi !

Et grouille-toi, parce que papa ressemble à un Pokemon qui aurait foiré son évolution !

Manu et Sab attrapent chacune un bout de ma robe et m'aident à me retourner dans ce boudoir soudainement devenu trop petit.

— Je t'avais dit que le cerceau du jupon était trop large ! rouspète Sab.

— Oui, bah je voulais ma robe Scarlett, j'ai ma robe Scarlett. Maintenant, on bascule tout ça pour que je réussisse à passer la porte !

— T'as la trouille ? me demande Manu, visiblement inquiète.

— Évidemment !

— Respire et rentre ton ventre !

— T'es conne ! À cinq mois de grossesse, je ne peux plus rien rentrer du tout !

— On accélère, je suis certain que votre officiante peut me demander un supplément si ça commence trop en retard !

— Mais non, papa. Les minutes de rab, dans un mariage, c'est gratuit !

— Rien n'est gratuit dans ce bas monde, Lola.

— Je ne suis pas d'accord avec vous !

— Alors, donne-moi un seul exemple, Manu.

— L'orgasme ! répond-elle du tac au tac.

— J'aurais dû m'en douter, soupire mon père.

— En fait, c'est gratuit, et même totalement égalitaire. L'orgasme est accessible à toute personne sexuée, qu'importe que ce soit un homme ou une femme, l'âge, la culture, la nationalité, la couleur de peau, le métier, l'orientation sexuelle, le niveau social, la religion, les croyances, la taille, les désirs et les peurs. Que l'on soit riche ou pauvre, mince ou gros, que l'on vive seul ou non, en ville, en campagne, en montagne, que l'on soit vierge ou non, cela ne fait aucune différence. Nous n'avons besoin de rien d'autre que de notre corps et d'un peu de temps devant soi. Vraiment, je ne vois rien d'aussi bénéfique et universel ! En dehors des besoins élémentaires comme respirer, dormir, manger et boire dont vous noterez que la plupart requièrent de devoir payer !

Mon père garde les yeux écarquillés quelques secondes, avant de secouer rapidement la tête en signe d'acquiescement. Manu claque sa main dans celle de Sab, satisfaite de sa démonstration.

— Bon, les filles, on se reconcentre ! conclut papa.

Il fait les gros yeux, mais personne n'y croit vraiment.

Mes copines se faufilent par les coursives et me laissent au bras de mon père. Il se tourne vers moi.

— Tu es prête ?

— Et toi ?

— Tu viens de fêter tes 36 ans, alors oui, j'ai eu le temps de me préparer !

— Ça, ce n'est pas très gentil !

— Ce que je veux dire, c'est que tout est allé très vite avec ce garçon, tu es sûre de toi ?

— Papa, tu vas être grand-père dans moins de cinq mois, quoi qu'il arrive. Alors, sois heureux que j'épouse le père de cet enfant et pas un autre type !

— Ce n'est pas faux ! En route !

Nous tournons dans le couloir et débouchons dans l'allée centrale. Les convives se lèvent pour nous accueillir.

Putain ! Quelle tannée ces rituels ! J'aurais préféré une entrée déjantée sur un dromadaire ou en overboard !

Durant un quart de seconde, j'hésite, puis la main de mon père se serre sur mon bras et me décide à avancer.

Je découvre la salle pleine de tous nos invités : les amis, la famille, les anciens ou nouveaux collègues. J'ai l'impression d'être spectatrice de mon mariage, incapable de me souvenir qui j'avais convié ou non. Je leur souris béatement, un peu perdue. Si mon père ne me tenait pas, je pourrais tomber ou faire demi-tour et partir en courant.

Je suis ramenée à la réalité par la vision de Pornstache et de Sophie. Je les trouve beaux dans leurs tenues, paillettes pour elle et satinée pour lui. D'un formidable mauvais goût qui leur sied comme une évidence.

MDR ! La fusion d'une boule à facettes avec du lubrifiant ! Putain, on doit les voir depuis la Lune !

Sur leur droite, je remarque Alain, mon ex-chief, avec sa femme. Il a tenté le costume en lin, bel essai ! Malheureusement, la route et la chaleur ont anéanti tous ses efforts. Alain ressemble à une boulette de papier chiffonnée et jetée dans un hammam !

Il ressemble grave à l'avocat qui se fait bouffer par le tyrex dans Jurassic Park !

Encore quelques mètres à parcourir dans cette allée baignée de lumière et d'émotions. Je m'accroche à mon père, avec, en point de mire, mes copines qui m'attendent devant l'arche fleurie, juste en face de mon frère et de Jeff, les garçons d'honneur.

Je remarque les petits papiers colorés. Il y en a partout : sur les dossiers, dans les bouquets ou suspendus par des fils transparents. Les haïku de

Jeff.

— Mon cadeau pour une cérémonie joyeuse et un avenir heureux, avait-il expliqué.

Pierre m'adresse un sourire mélancolique depuis le troisième rang des invités. Il est venu avec une jolie rouquine qui paraît n'avoir pas plus de 20 ans.

Il y a aussi mon nouveau boss, Mike, ainsi que sa tante : Linda.

La Lannister, qui se tient juste devant lui, dans une robe à fleurs pas très seyante. J'imagine qu'elle n'avait pas le cœur à se mettre en beauté, même si sa présence n'est pas de mon fait. Cependant, je n'ai pas eu le choix ; un caprice de Mike, ça ne se refuse pas.

En fait, je pense que c'est pour la faire chier qu'il a demandé que tu l'invites !

Possible ! Je crois que les dragées lui resteront longtemps coincées dans le gosier. Ça lui apprendra à s'immiscer dans ma vie, à tenter de me nuire avec tellement de force pour me dégager que son neveu m'a offert un job.

Sa tante lui a dressé le portrait d'une consultante fonceuse et forte en gueule, très douée pour amadouer les autres. Une carriériste qui a réorienté sa vie professionnelle sur le tard, persuadée qu'elle pouvait tout réussir.

Loin de le rebuter, Mike a cru déceler un talent et, surtout, une volonté de fer. Il m'a donc proposé la mise en place d'une pépinière à talents pour les développeurs et chefs de projets en province. Un super projet que j'ai tout de suite adoré.

J'ai donc démissionné et je me suis jetée tête baissée dans ce challenge. Six mois plus tard, la pépinière était lancée et Gaël, lassé par une relation à distance, emménageait avec moi.

C'était il y a un peu moins d'un an.

Mon père me glisse un baiser sur la joue et me ramène au présent. Gaël m'enlace tendrement et me susurre quelques mots tendres, puis, la cérémonie commence.

Super ! Bon, moi je vais me saouler au bar, parce que l'ambiance happy end commence à me filer la nausée !

Non, mais tu déconnes, *Lola la maléfique* ! Tu sais bien comment ça se termine, non ? Happy end, mon cul ouais !

Certes, mais en attendant, là, c'est chiant... On perd le côté chaotique et comique du récit !

Pour ça, on peut toujours compter sur le karma ! Il ne me déçoit jamais, et nous savons bien qu'il veille à ce que tout merde dans les grandes lignes... toujours !

Que saint karma t'entende, alors !

— Pour une fois, ta gueule, Lola !

À PROPOS DE L'AUTEUR

Ana Kori a passé une partie de sa jeunesse entre le Maroc et les Antilles. Elle s'est nourrie des paysages et differences culturelles pour forger son temperament. Elle en a gardé le goût de la découverte et du partage.

Elle a commencé à travailler très jeune et a appris, sur le tas, les différents métiers exercés.

Après 20 années passées dans l'informatique, elle devient écrivain public. Elle écrit pour des entreprises ou des wbezines, souvent des articles d'actualité ou des dossiers d'études.

Elle a publié deux romans fantasy ainsi qu'une série littéraire pour un éditeur numérique.